無垢の傷痕

本所署〈白と黒〉の事件簿

麻見和史

双葉文庫

目次

無垢の傷痕

本所署〈白と黒〉の事件簿

麻見和史

双葉文庫

無垢の傷痕

本所署〈白と黒〉の事件簿

星の傷痕

1

タクシーの後部座席で、黒星達成《くろほしたつなり》は腕時計を確認した。

五月十四日、午前八時三十五分。通勤ラッシュはまもなく終わるという時刻だ。

車はＪＲ錦糸町《きんしちょう》駅のそばを通過した。そのまましばらく進むと、十フロア以上ある大きな建物が見えてきた。壁面には《城東《じょうとう》第一病院》と書かれている。

「病院の先に、解体予定のビルがありますよね」黒星は運転手に話しかけた。「その辺りで停めてください」

「ここでいいですか。……あれ、何かあったのかな」

小さな声で運転手がつぶやいた。彼が見つめているのは、前方の路肩に停まっている数台のパトカーだ。ワゴンタイプの警察車両もある。

料金を払うと、黒星はタクシーから降りた。足を速めて歩道を進んでいく。

目的地は四階建ての廃ビルだった。敷地の外側に仮囲いが設置してあり、工事内容を示す看板が出されている。

通勤途中らしい人や近所の住人たちが、廃ビルの様子をうかがっていた。黒星は彼らの間を抜けてビルの出入り口に向かう。白手袋を出して両手に嵌《は》め、立入禁止テープをくぐって建物に入った。

フロアには鑑識のライトが持ち込まれ、その明かりの中で十数名の男たちが作業を行っている。

捜査員たちの中に、黒星は上司の顔を見つけた。髪を短く刈ったスポーツマンタイプで、スーツの上からでも肩に筋肉がついているのがよくわかる。たしか四十五歳のはずだが、鍛えた体のせいで三十代後半くらいにしか見えない。

彼は警視庁本所《ほんじょ》警察署、刑事課の三好武彦《みよしたけひこ》班長だ。

「遅くなりました。状況はどうです?」頭を下げながら黒星は話しかけた。

「おう、縁起の悪い奴が来たな」三好は眉を大きく動かした。「今回の捜査は黒星じゃなく、金星《きんぼし》を狙ってくれよ」

「いきなりそう言われても……」

渋い表情で黒星は応じる。自分でも縁起のよくない苗字だと思うのだが、こればかりはどうしようもない。

「遺体の状況はどうなんです？」と黒星は尋ねた。

「鑑識の作業が終わって捜査一課が仏さんを拝んだところだ。俺たちも見せてもらおう」

三好は両手でメガホンを作り、数名の部下を呼び集めた。体格がいいこともあって、中学校の体育教師のように見える。

班長のあとに続いて、黒星たち捜査員は階段の下に向かった。

コンクリートの床に男性の遺体が横たわっていた。青いシャツの上に緑色のジャンパー、下は紺色のジーンズに汚れたスニーカーという恰好だ。

所轄の鑑識係員は刑事たちに説明を始めた。

「死亡したのは昨夜遅くですね。階段から転落して頭部を強打し、死に至ったようです」

遺体の顔を見て、黒星は眉をひそめた。頬の左に刃物の傷があるのだ。赤黒い血が固まって、長さ五センチほどの筋が三本出来ている。一点で交わる形になっていて、「＊」という記号に似ていた。

「この顔の傷は何だ？」

三好班長は腕組みをしながら尋ねた。鍛えられた上腕二頭筋がぴくりと動く。

「『アスタリスク』マーク——星印のように見えますね」鑑識係員は答えた。「刃の薄いナイフかカッターなどで切られたようです。顔だけでなく胴にも傷があります」

黒星たちは被害者に向かって手を合わせたあと、しゃがんで遺体を見つめた。

三好班長がジャンパーやシャツの前を開いて、胴体を露出させる。右胸に同様のアスタリスクがあった。さらに、左脇腹にもそのマークが刻まれている。

黒星はポケットからルーペを取り出した。遺体の頬を観察し、三好に報告する。

「この傷は刃先で何度か繰り返し、なぞられていますよ」

「え？」三好はまばたきをした。「鑑識さん、どうなんだ？」

「そのとおりです」鑑識係員はうなずいた。「これらは一回で出来た切創《せっそう》ではありません」

「胸と腹の傷も同じですね」ルーペを動かしながら黒星は言った。「どれも幅が三、四ミリ、長さが約五センチある直線の傷です。なんというか……溝のような形状ですね」

「なぜそんなことをしたんだろうな」三好は首をかしげる。

「嫌な予感がします。この犯人、何かおかしなことを考えていたのでは……」

黒星がつぶやくのを聞いて、三好は顔をしかめた。

「また心配の先取りか。黒星、おまえはもっと自信を持ったほうがいいぞ」

「でも班長、根拠のない自信は失敗のもとですよ」

「とことんネガティブな男だな」

軽くため息をついたあと、三好は鑑識係員のほうを向いた。

「何か身元のわかるものはなかったか？」

「財布も免許証も見つかりませんでした。ただ、ジャンパーの内ポケットに飲食店のレシートが入っていました。神田《かんだ》のバーに出入りしていたようです」

「すぐに調べよう」三好は素早く立ち上がる。

「三好さん、もうひとつ重要な遺留品があります。これも被害者のポケットに入っていたんですが……」

鑑識係員は、証拠品保管袋を三好のほうに差し出した。中には手帳サイズのメモ用紙が入っている。ボールペンでこんなことが書かれていた。

《ケイジタチヘ。コイツヲ　コロシタノハ　ワタシダ。コノマークヲ　ヨクオボエテオケ。ワタシハ　シタイヲ　キズツケルノガ　スキダ。ツギハ　ドウナルカ。ハヤク　ワタシヲ　ツカマエテミロ》

文面を読んで、三好は眉間に深い皺を寄せた。

「何だよ、このメッセージ……。猟奇殺人の線が出てきたのか？」

予感的中だ、と黒星は思った。自分たちは今、滅多に起こらないような難事件に直面しているのではないか。この不可解な事件は、ツキのない自分が招いてしまったのではないだろうか。

ナンセンスな考えだとわかってはいるが、刑事になってから今までの不運を考えると、自分が悪いものを引き寄せているような気がして仕方がない。

「よし、捜査を始めるぞ」

鑑識係員に保管袋を返すと、三好班長は部下に指示を出し始めた。

黒星は黙ったまま遺体をじっと見つめた。それからもう一度手を合わせて被害者を拝み、三好の言葉に耳を傾けた。

2

本所警察署の講堂に捜査本部が設置され、午後一時から捜査会議が開かれた。

室内はセミナールームのようだ。長机には捜査員たちが腰掛け、それと向かい合う幹部席には、警視庁本部捜査一課の管理官たちが座っている。本所署と捜一が協力して、これから事件を調べていくのだ。集まった捜査員たちは、みな緊張した表情で会議に臨んでいた。

定刻になり、ごま塩頭の男性が前に立った。

「捜査一課の都築《つづき》です。本件の捜査指揮に当たりますのでよろしく」

面識はなかったが、名前は聞いたことがある。都築義満《よしみつ》係長は見かけの穏やかさに反して、捜査ではかなり厳しい命令を出すそうだ。この人には気をつけなければ、と黒星は自分に言い聞かせた。

都築は居並ぶ幹部たちを紹介した。そのあと手元の資料に目を落とした。

「諸君、静粛に……。本日午前七時十分ごろ、墨田《すみだ》区江東橋《こうとうばし》の廃ビルで男性が倒れている、という通報がありました。通報者は建設会社の社員で、今日は現場の確認に来たとのこと。所持していたレシートなどから、この男性は江戸川《えどがわ》区南小岩《みなみこいわ》在住、井口肇《いぐちはじめ》、三十七歳と判明。二階から階段を転落し、死亡したと思われます。井口は特定の仕事に就かず、いわゆるパチプロとして生活していたようです」

黒星は斜め前に座っている三好班長に目を向けた。レシートを見てバーを調べるよう段取りしたのは彼だが、所轄の人間は縁の下の力持ちだ。表舞台に立つのはいつも、警視庁本部に所属する捜査一課の面々だった。

都築係長は初動捜査について説明したあと、警視庁本部の鑑識課員を指名した。

「現場をご覧になっていない方のため、本部鑑識からご報告します。被害者の死亡推定時刻は本日、五月十四日の午前零時から二時の間。死因は脳挫傷。死後、遺体が損壊されました。薄い刃物によって頬の左、右胸、左脇腹にアスタリスクマークのような傷をつけられています。詳しくは資料でご確認ください」

捜査員たちは資料をじっと見つめる。黒星も写真を睨んで、傷がついた部位を再確認した。皮膚を切られたのは死後だというから、この傷によって被害者が痛みを感じることはなかったはずだ。だがこれは、死者への冒瀆《ぼうとく》と言えるのではないか。

犯人はどんな顔をして遺体を傷つけたのだろう、と黒星は考えた。冷たい笑みを浮かべながら刃物を使ったのか、それとも目を血走らせ、興奮した状態で損壊を行ったのか。

——まったく気分の悪い話だ。

黒星はひとり舌打ちをした。こんな犯人は一刻も早く逮捕しなければならない、とあらためて思う。

「静粛に。……次に、これは重要な話ですが、遺体のポケットにメモが入っていました」

資料を見ながら都築はメッセージの内容を読み上げた。捜査員たちは驚きの表情を浮かべて、それを聞いた。

「『ワタシハ　シタイヲ　キズツケルノガ　スキダ』という文言は、遺体が刃物で傷つけられていたことと符合します。このメッセージは犯人が残したものと思われます。早計な判断はできないが、猟奇殺人である可能性は否定できません」

講堂がざわついた。それがおさまるのを待ってから、都築はみなに問いかけた。

「ここまでで何か質問は？」

はい、という声が聞こえた。黒星の近くに座っていた女性捜査員が手を挙げている。同じ本所署の刑事課に所属する、白石雪乃《しらいしゆきの》巡査長だ。名は体を表すという言葉があるが、雪乃は色白だった。艶のある黒髪はちょうど肩に掛かるくらいの長さだ。目尻が少し下がっていて、柔和な印象がある。

同僚ではあったが、黒星は雪乃のことをよく知らなかった。彼女はこの四月に異動してきたばかりで、まだ一緒に捜査をする機会がなかったからだ。

指名を受けて、雪乃は椅子から立ち上がった。

「資料によると、遺体のそばで比較的新しい靴跡が見つかっています。特にこれ……。仰向けになった遺体の左側、心臓のあるほうに、犯人のものらしい靴跡がいくつも残っていた。そうですよね？」

「靴のメーカーまでは特定できていないぞ」都築係長が答えた。

「あ、はい。靴跡から持ち主を特定するのは難しいと思います。ですが……」雪乃は資料に目を近づけた。「この写真に載っている傷口には、ある特徴が残されているようです。鑑識さん、このアスタリスクの傷をアップにした写真はありませんか？」

鑑識課員は許可を求めるような表情で都築係長の顔を見た。いいだろう、と都築はうなずく。それを受けて、鑑識課員は資料ファイルから何枚かの紙を取り出した。

「ここに、アップにした写真と傷の分析結果があります」

助かります、と言って雪乃は鑑識課員たちのそばへ近づいていく。彼女は写真を受け取ってしばらく見ていたが、やがて顔を上げた。

「わかりやすく言うと、こうですよね。……犯人は長さ五センチほどの傷をつけたあと、刃の角度を変えてから、その線をなぞるように何回か皮膚を切った。その結果、横から見るとV字型の溝のような傷が、五センチの長さにわたって作られた。それが三本でアスタリスクになった。犯人はその作業を繰り返し、三つのアスタリスクを遺体に残した。なお、削ぎ取られた組織片は残されていない……」

「そのとおりです」

「わかりました。ありがとうございます」会釈をしたあと、雪乃は幹部席にいる都築に言った。「係長。犯人は私たちが思っているほど、犯罪に慣れた人間ではないかもしれません」

「なんだと？」

意表を衝かれたという顔で、都築は雪乃を見つめる。雪乃は続けた。

「犯人は何度か線をなぞって皮膚を切っているわけですが、力が入りすぎたんでしょう、本来の線からずれてしまった失敗の線が、あちこちに残っています。ほら、ここ、箒《ほうき》の先のように枝分かれしているのが見えますよね。犯人はかなり緊張していたんじゃないかと推測できます」

雪乃は右手に刃物を持つ仕草をして、遺体に刃を入れるマイムを行った。鑑識課員たちは、手元の資料を確認し始める。

「ここから考えられるのはふたつです」雪乃は資料のページをめくった。「ひとつは、犯人はこうした犯罪に慣れた猟奇殺人者ではないかもしれない、ということ。もうひとつは、犯人が緊張しながらも、これらのマークを丁寧に完成させたということです」

「犯人は星型のマークに強いこだわりを持っていた、というのか」

「はい、私はそう思います」よく通る声で雪乃は答えた。

都築係長はあらためて、鑑識課員に今の内容を確認させた。犯人が何度も刃を動かしたことは間違いなさそうだ、と鑑識のメンバーは回答した。

都築は再び、雪乃のほうに目を向ける。

「だが、猟奇殺人を偽装するために、そんな傷痕をつけたのかもしれないだろう。どうだ?」

「おっしゃるとおりです。しかし今は、いろいろな可能性を考慮すべきではないかと」

臆することなく雪乃は自分の意見を述べた。しばらく考える様子だったが、やがて都築は口元を緩めた。

「わかった……。今の意見は捜査の参考にさせてもらう」都築は雪乃にうなずきかけた。

「おまえ、なかなかいいセンスをしているな。名前は?」

「白石雪乃です。よろしくお願いします」

雪乃は元どおり椅子に腰掛けた。周囲の捜査員たちが感心したという顔をしている。黒星も彼女の観察力に驚いていた。たしか中途採用だと聞いたが、検視か何かの経験があるのだろうか。

都築はそのほかの情報を伝えたあと、捜査員の組分けをした。基本的には捜査一課と所轄の刑事がコンビになる。人数の関係で、残った者は所轄同士で組むよう命じられた。

「では、諸君の健闘に期待します」

みなを見回したあと、都築は会議の終了を告げた。

「コンビを組むのは初めてですね。よろしくお願いします」

「ああ、こちらこそよろしく頼む」

そう答えながら黒星は、前に立った雪乃に目を向けた。

黒星は三十七歳の巡査部長、雪乃は三十四歳の巡査長だから、このコンビで主導権を握るのは黒星ということになる。

ふたりは「鑑取り班」に所属して捜査を進めることになった。事件の関係者を調べ、順次話を聞いていくのが仕事だ。早速、準備を整えて本所署を出た。

「黒星さんという苗字、ちょっと珍しいですよね」

雪乃にそう言われたので、黒星は口をへの字にしてみせた。

「縁起の悪い名前だって、いつも言われている。黒星を達成《たっせい》する、だからな。まったく、うちの親は何を考えていたのか……」

「覚えやすくていいじゃないですか。仕事をしていく上で、名前は大事ですからね。すぐに思い出してもらえれば、それだけチャンスが増えるということです」

「そうかな……。この名前のせいで運が悪いんじゃないかと、いつも思うんだが」

「苗字は先祖代々、続いてきたものですから大事にしなくちゃ。前向きにいきましょうよ」

彼女はバッグを肩に掛け直して歩いていく。黒星は話題を変えた。

「会議での指摘は鋭かったな。細かいところまでよく観察しているじゃないか」

「いえ、あれは資料をじっくり見れば、誰でも気がつくことだと思います。ただ、捜査が始まったばかりだから、誰も分析している時間がなかったんでしょう」

「しかし捜査員の君が気づいたのに、鑑識が見過ごしてしまうというのは問題だ。彼らも忙しいのはわかるが、しっかりしてほしいよ。こんな調子で大丈夫なんだろうか」

つい愚痴が出てしまう。それを聞いても雪乃は明るい表情のままだ。

「捜査はこれからですし、みんなエンジンがかかっていないだけですよ」

「君はまだわからないかもしれないが、捜査は最初の何日かが大事なんだ。あんな調子で証拠を見落としていたら、事件は解決できないかもしれない。心配だ……」

「黒星さん、案外ネガティブなんですね。心に余裕がないと、いい仕事はできませんよ」

雪乃は微笑を浮かべている。それを見て、黒星は苛立ちを感じてしまった。

「なあ白石、笑い事じゃないぞ。殺人事件の捜査なんだから、真剣に取り組んでくれ」

眉をひそめて、黒星は彼女を軽く睨んだ。この女刑事、明るくて前向きなのはいいが、中途半端な気持ちで捜査をされては困る。

「大丈夫ですよ。任せてください」雪乃はうなずいた。「私、こう見えても勘は鋭いほうなんです。なかなか運もよくて、金星を挙げたことも何度かあります」

「なんだよ。それは俺に対するあてつけか？」

「違いますって。まあ、黒星さんが悪運の持ち主だというのなら、私の強運と合わせて、ちょうど平均ぐらいになると思いますよ」

そんなことを言って雪乃は笑っている。この不可解な事件を前にしてどれだけポジティブなんだ、と黒星は思った。

「ところで白石、警察官《サツカン》になる前の仕事って何だったんだ？」

彼女が中途採用だったというのを思い出して、黒星は訊いてみた。

雪乃はちらりとこちらを見たあと、屈託のない笑顔で答えた。

「私、看護師をしていたんですよ」

「看護師？」これはまったく予想外の話だ。「かなりの変わり種だな。看護師なら勤め先はいくらでもあるだろうに、どうして警視庁に入ったんだ？」

「自分の信じる『正義』のために、私は警察官になったんです。そして警察官になったからには誰にも邪魔されず、自分の思うように捜査を進めていきたいんですよね」

聞いているほうが恥ずかしくなるようなことを雪乃は言った。今どき珍しい正義感の持ち主か、そうでなければフィクションに毒された人間ではないのか、という気がする。朗らかな表情の雪乃を見ながら、黒星は戸惑いを隠せずにいた。

3

黒星と雪乃は捜査本部の指示に従って、情報収集を開始した。

ＪＲで新宿に出て、被害者・井口肇が出入りしていた飲み屋などを当たっていく。まだ午後三時過ぎだから準備中の店が多かった。

井口は顔の広い男だったようで、新宿だけでも七軒の店の常連だったらしい。

「あの人は女癖が悪くてねえ」六番目に訪ねた店のオーナーは渋い顔で言った。「すぐ店の女の子に手を出そうとするんですよ。でもまあ、金払いはよかったなあ。パチプロだと言ってたけど、店の子たちに毎回チップというか、こづかいを渡していたみたいです」

捜査会議で聞いた情報は間違っていないようだ。ほかにもいくつか質問したあと、黒星たちは礼を述べて店を出た。

「妙ですね。パチプロってそんなに儲かるものなんでしょうか」

不思議そうな顔をして雪乃は尋ねてきた。黒星も首をかしげる。

「ひょっとして、ほかにも収入源があったんじゃないだろうか。犯罪がらみ、とかな」

「被害者に対して、あまり疑いをかけないほうがいいような気もしますけど……」

「それはそうだが、今はあらゆる可能性を考慮して捜査を進めるべきなんだろう？　早急に井口の経歴を明らかにする必要があるぞ」

「経歴ですか。さすがに元看護師ということはないですよね」

黙ったまま黒星は彼女を見つめた。冗談だとしたら笑えないし、冗談でないとしたら、なぜ今そんなことを言うのかわからない。思ったことをすぐ口に出してしまう性格なのだろうか。それとも空気が読めないのか。

――これで看護師が務まっていたんだろうか。

失礼な話だが、そんなふうに思ってしまった。だが当の雪乃は、何も気づかない様子でメモ帳に書き込みをしている。

ふたりは聞き込みを続けた。ここまでたいしたネタは得られなかったが、七軒目のワインバーで気になる情報をつかむことができた。

「ああ、井口さんですか。あの人、有名なお医者さんと知り合いだったみたいですね。週刊誌でよく名医ランキングをやるじゃないですか。あれに載っている人だっていうから、私も調べてみたんです。そうしたら、癌の手術ですごい腕を持っている人らしくて」

「何という先生です？」

「西脇《にしわき》さんという人です。錦糸町の病院に勤めているそうで……」

それを聞いて、雪乃の表情が変わった。

「城東第一病院ですよね？」

「ああ、たぶんそうだと思います」

謝意を伝えて、ふたりはワインバーを出た。

日当たりの悪い裏通りを歩きながら、黒星は雪乃に話しかけた。

「城東第一病院といったら、事件現場のすぐ近くじゃないか」

黒星がタクシーで廃ビルに向かうとき、その病院を目印に走ってもらったのだ。

「事件現場のすぐそばに病院があった……」雪乃は黒星の顔を見上げた。「いや、逆ですね。犯人は病院のすぐそばで事件を起こした。だとすると……」

「犯人は病院と関わりのある人物、ということか。考えられるな」

地道な聞き込みが次の捜査につながったようだ。黒星と雪乃は城東第一病院に向かった。

最初に応接室にやってきたのは理事長の神林敬一《かんばやしけいいち》という男性だった。五十代後半で、高級感のあるスーツを着た真面目そうな人物だ。

「どんなご用件でしょうか」緊張した様子で神林は尋ねてきた。「私どもの病院に関して、何か問題がありましたか?」

黒星は警察手帳を呈示したあと、こう切り出した。

「この近くの雑居ビルで事件があったのはご存じですか」

「ええ、さっきテレビで見ました。遺体が損壊されていたとか……。怖いですよね」

ニュースを見ているのなら話が早い。黒星はまず被害者について探ることにした。

「殺害されたのは井口肇という男性です。念のため、井口さんがこの病院の患者だったかどうか調べてもらえませんか。可能性をひとつずつ、つぶしたいものですから」

「そうですか。……では、ちょっとお待ちいただけますか」

黒星から住所や生年月日のメモを受け取って、神林は内線電話をかけた。しばらく相手とやりとりしていたが、二分ほどで彼は受話器を置いた。

「調べさせましたが、うちの患者さんではないですね」

だとすると、井口は西脇医師の個人的な知り合いだったのかもしれない。

黒星が次の質問に移ろうとしたとき、急に雪乃が口を開いた。

「細かいことで恐縮ですが、出入りしている業者を調べてもらえませんか。院内には売店がありますよね。ほかにも薬品や機材を納入する人たちがいるはずです」

「そこまで調べる必要がありますかね……」

神林は渋い表情になった。引き受けたら時間も手間もかかる、と考えているのだろう。

「城東第一病院さんのモットーは『地域のため、社会のため』ですよね。すぐ近くで事件が起こったんです。地域の安全のために力を貸していただけませんか。お願いします」

雪乃は深々と頭を下げた。五秒経ってもそのままの姿勢だ。

神林は困った顔をしていたが、やがて根負けしたようだった。

「わかりました。あとで時間を作って調べておきますから」

「ありがとうございます！　連絡はここへお願いします」

素早く顔を上げて、雪乃はメモ用紙に捜査本部の電話番号を書いた。神林がそれを受け取るのを待ってから、黒星は話題を変えた。

「外科に西脇重吾《じゅうご》先生という方がいらっしゃいますよね」西脇のことは、先ほど雪乃にネットで調べさせてある。「ちょっとお話をうかがいたいんですが」

この申し出はかなり意外だったようで、神林はしばらく黙り込んでしまった。考えを巡らす表情になったあと、彼は声を低めて言った。

「西脇先生は外科部長で、とても忙しい方なんです。急に言われても無理ですよ」

「忙しいのはわかりますが、これは殺人事件の捜査なんです。調整してもらえませんか」

今度は黒星が頭を下げた。刑事にとって、ごり押しは基本中の基本だ。

仕方ないという顔で、神林はもう一度内線電話をかけてくれた。今、西脇は手が離せないが、三十分後なら大丈夫だそうだ。

一旦、神林は事務室に戻るという。その間、黒星と雪乃はふたりきりになった。

「この病院のモットーなんてよく知っていたな」

「ロビーに貼ってあったんですよ。私、こういう病院には慣れていますから、見逃さないんです」

なるほど、と黒星はうなずいた。過去の経験が役に立ったというわけだ。

「それで西脇先生のことだが、さっき調べてみてどうだった？」

「もともとお名前は知っていました。癌の手術では日本でも五本の指に入る方ですよ。特に、複数の臓器を同時に摘出して裏の病巣を切除する手術は、国内では西脇先生しかできないそうです」

口で言うのは簡単だが、実際にそんなことが可能なのかと驚かされた。以前、自分の父親が手術を受けているから、黒星も癌治療の難しさはわかっているつもりだ。

「そんなにすごい先生が、どうしてパチプロの井口と知り合いだったんだろう」

「パチンコが趣味なのかもしれませんよ。人間、誰しも意外な一面を持っていますから」

「そうかなあ……」

「だって黒星さん。こう見えて私、マラソン大会に参加しているんですよ」

「えっ」驚いて黒星はまばたきをした。「君、四十二キロ以上も走るのか？」

「いえ、まだ完走したことはないんです。でも意外でしょう？」

「……たしかに意外ではあるな」

「なんといっても、この仕事には体力が必要ですからね」

口元を緩めて雪乃は言った。

約束の時刻から五分ほど遅れて、神林理事長がふたりの男性を連れてきた。どちらもドクターらしく、白衣を身に着けている。

年上のほうが西脇医師だろう。事前の調べによると四十六歳だそうだが、頬には肉がつき、猫背気味で五十代半ばくらいに見えた。とはいえ、日本でも屈指の外科医である彼には、周囲の人間を威圧するような雰囲気がある。

西脇のうしろにいるのは三十代半ばくらいだろうか、眼鏡をかけた男性だった。顎が細く、スタイルがよくて清潔な印象がある。胸のネームバッジには《友永《ともなが》》と記されていた。

「お待たせしました」神林はふたりの医師を紹介した。「外科部長の西脇重吾先生と、同じく外科の友永秀典《ひでのり》先生です」

妙だな、と黒星は思った。なぜ西脇は友永を連れてきたのだろう。刑事と会うには人数が多いほうがいい、と考えたのだろうか。

黒星は警察手帳を呈示したあと、所属部署を彼らに伝えた。

「正直な話、戸惑っています」開口一番、西脇は不満げな声を出した。「こちらにも予定というものがありますのでね、急に時間をあけろと言われても困ります」

西脇は腕組みをして貧乏ゆすりを始めた。不安と苛立ちを感じているのがよくわかる。いきなり警察が聞き込みに来たのだから、西脇が警戒するのも無理はない。

すみません、と詫びてから黒星は井口の顔写真を取り出した。

「西脇先生、この男性をご存じですか。井口肇という人で、先生と知り合いだと話していたそうです。ただ、患者ではないらしいんですよ」

「井口さん……」西脇は写真を見たあと、首を横に振った。「知りませんね。その人がどうかしたんですか？」

「昨夜、近くの雑居ビルで見つかった遺体は、井口さんだったんです」

遺体と聞いて、さすがの西脇も驚いたようだ。一度貧乏ゆすりを止めたが、次の瞬間には前より速く膝を動かし始めた。

「その人が私を知っていたというんですか？　不思議だな。なぜ見え透いた嘘をついたんでしょうね」

「先生、週刊誌を見たのかもしれませんよ」

そう言ったのは、西脇の隣に座った友永医師だった。彼は眼鏡のフレームを押し上げながら、こう続けた。

「西脇先生は医師ランキングでもトップクラスの方ですから、一般の人が知っていてもおかしくありません。自分は有名人の知り合いだと嘘をつく人、ときどきいますよね。その井口さんは何らかのパーソナリティ障害だった可能性があります。……刑事さん、井口さんは誰にそんな嘘をついたんですか？」

「飲食店の主人に話していたそうです」

なんだ、と友永は言った。大袈裟な仕草でため息をついたあと、彼は首を横に振った。

「酩酊状態で嘘をついてしまうのは、誰にも経験があることでしょう。酔っ払いの話を真に受けて、あなた方はここに来たというんですか？」

友永は明らかに西脇の援護射撃をしている。たぶん彼らは師弟関係にあるのだろう。いくつか質問を重ねたが、西脇医師と井口が知り合いだったという確証は得られなかった。念のため友永医師や神林理事長にも尋ねたが、彼らも井口とは面識がないと言う。

そのうち西脇が腕時計に目をやった。緩めのベルトをずらして文字盤を確認する。

「友永先生、もうじき五時半だよ」

「ああ、そろそろ準備をしないといけませんね」

「刑事さん、もうよろしいですね?」西脇は黒星を見つめた。「私たちが時間を無駄にすれば、救える命も救えなくなります。ここはそういう場所です。ご理解ください」

「……わかりました。今日はこれで失礼します」

仕方なく、黒星と雪乃は引き揚げることにした。

理事長の神林が先に立って応接室を出た。西脇と友永も同じ方向に用事があるのだろう、黒星たちと一緒に廊下を歩いていく。そのうち、こちらに声をかけてきた者がいた。

「西脇先生、お世話になっております」

車椅子を押していた男性が、立ち止まって頭を下げている。おそらく三十歳前後だろう。痩せ形で顔が小さいせいか、目がかなり大きく見えた。きょろきょろと辺りを見回す仕草には、どこか気弱そうな雰囲気がある。

彼が押す車椅子には、患者衣を着た女性が腰掛けていた。二十代後半くらいの人物だが、かなり具合が悪そうだ。表情に乏しく、生気がないように感じられる。

「ああ、半田《はんだ》さん」西脇はふたりのほうに近づいていった。「康子《やすこ》さんのお見舞いですか。ご苦労さまです」

「西脇先生、明後日の手術、どうかよろしくお願いします。なんとか妻を助けてやってください。お金は……手術のお礼はいくらでも払いますから」

半田は切羽詰まった様子で、また深々と頭を下げた。それを見て、友永医師がかすかに眉をひそめた。一歩前に出て、彼は諭すように言った。

「半田さん。前にも話しましたよね。我々はお金で動くわけじゃありません。どんな患者さんに対しても、できる限りの努力をしますから」

「本当に、本当にお願いします。どうか妻を助けてください」

そう言いながら、半田は涙を浮かべている。見ているのも悪いような気がして、黒星は目を逸らした。

そのとき、うしろから声が聞こえてきた。

「しっかりしなよ、半田さん」

振り返ると、四十代半ばの男性が立っていた。患者衣を着て、点滴スタンドを押している。髪を短く刈っていて、何かの職人のような雰囲気があった。

「あ……。野沢《のざわ》さん、どうも」半田はぎこちなく頭を下げる。

野沢と呼ばれた男性は点滴スタンドとともに、こちらへやってきた。

「こんなときだから、旦那さんが頑張らなくちゃ。半田さん、元気を出しなって」

「すみません。ありがとうございます」

「今はつらいよなあ」野沢はそう言ったあと、車椅子の康子に話しかけた。「奥さんも大変だと思うけど、先生を信じて頑張ろうよ。俺も応援してるからさ」

声を出すのも億劫なのか、康子は力なくうなずくだけだ。

「そうだ、俺のところにメロンがあるんだよ。半田さん、奥さんに食べさせてあげな。フォークやナイフも貸すからさ」

半田は慌てた表情になって首を左右に振った。

「いえ、いいんです、野沢さん。食べ物の制限もありますから……」

話が長くなると思ったのだろう。神林や西脇、友永は会釈をして去っていった。黒星もそれに従おうとしたのだが、なぜか雪乃は患者たちに近づいていく。

彼女は小声で半田たちと会話をしたあと、こちらに戻ってきた。

「奥さんは占いが好きだそうです。旦那さんが新聞の占いコーナーを、毎日切り抜いてあげているんですって」

「え？　なんだ、ただの雑談だったのか？」

「あ、いえ、元看護師としてアドバイスもいくつか。手術の前は不安でしょうし」

「手術のアドバイス?」黒星は驚いて尋ねた。「どうして君は初対面の人にそんなことをするんだ。なんというか、その……」

「『お節介』だと思いますか? でも、自分では普通のことをしているつもりなんです。だって私、人助けをするために看護師になって、警察官になったんですから」

曇りのない表情で彼女は黒星を見つめた。そんな顔をされると、こちらは居心地が悪くなってくる。心の中を見透かされるような気分だ。

「どうも、君とは合わないな」

そうつぶやくと、黒星はエレベーターのほうへ歩きだした。

4

翌五月十五日、朝八時半から捜査会議が開かれた。

みなの前に立って、捜査一課の都築係長が現在の状況を伝えた。捜査本部が設置されてからまだ二日目とあって、大きな進展はないようだ。

「犯人は警察を挑発するようなメッセージを残しています。今後、同様の犯行を繰り返すかもしれません。捜査員諸君、充分警戒して捜査を行ってほしい。そして私からのお願いですが……」

そこで都築は言葉を切った。ゆっくりと刑事たちを見回したあと、彼はこう続けた。

「今日、明日で犯人特定に繋がる手がかりを集めてきてください。成果のない班は連帯責任となりますので、そのつもりで。我々は警察官です。結果を出せない人間は、この捜査本部に必要ありません」

表面上は穏やかだが、言っていることはかなり厳しい。これが都築の怖いところか、と黒星は思った。

二十分ほどで、都築係長は会議を終わらせた。

雪乃は何かの本を見ていたようだが、そのうち顔を上げてこちらを向いた。

「黒星さん、アスタリスクが三つ集まったものを『アステリズム』と呼ぶそうですよ」

「……初めて聞く言葉だな」

「アスタリスクは星印と言われますが、アステリズムは星の集まり——星群を表すそうです。もしかしてあの傷痕、『早く犯人《ホシ》を挙げろ!』という意味ですかね?」

「いや、たぶん違うと思うぞ」黒星は顔をしかめる。

「それからもうひとつ……。アスタリスクに似た青いデザインで『スター・オブ・ライフ』というのをご存じですか? 救急車にペイントされていることもあるんですが、これは救急医療のシンボルマークなんですよね」

救急医療といえば、思い出すのは病院だ。黒星は腕組みをして考え込んだ。

黒星たちは署を出て、昨日と同じように情報収集を開始した。被害者・井口肇は新宿だけでなく、自宅のある小岩でも飲み歩いていたという。そちらでも聞き込みをした。井口は地元でも景気よく振る舞っていたらしい。高いウイスキーやブランデーを飲み、店の女の子たちにも好きなものを注文させていたそうだ。

「西脇さんという人のことを話していませんでしたか?」黒星は尋ねた。

「わかりませんねえ」店のオーナーは首をかしげる。「でも飲んでいるとき、よく誰かに電話をかけていましたよ。変な話だけど、何かこう、相手の弱みを握っているような感じでした。ばれてもいいのか、なんて言ってましたからね。ちょっと物騒な雰囲気でした」

確証はない。だが、井口は西脇医師をゆすっていたのではないか、と思えた。

「もしかしたら、ゆすられていた西脇先生が井口肇を殺害したんじゃないだろうか」店を出てから黒星は言った。「遺体の顔や体は、手術用のメスで傷つけられたんじゃないかな」

「西脇先生が犯人なら、わざわざメスを使ったりするでしょうか。医療関係者が犯人だと疑われた場合、自分も捜査の対象になりますよね」

「まあ、それはたしかに……」

意見交換をしながら、黒星たちはさらに聞き込みを続けていった。

途中、雪乃が城東第一病院の神林理事長に電話をかけ、昨日頼んでおいた調査の結果を聞いた。結局、病院に出入りする人物の中に、井口という男性はいなかったそうだ。

雪乃は仕方ないという顔をした。それから、すぐに気持ちを切り換えたようだった。


午後一時半を過ぎたころ、黒星たちはファミリーレストランで昼食をとった。

黒星はハンバーグのランチにしたが、驚いたことに雪乃はカツ丼とうどんのセットだ。

「見かけによらず、けっこう食べるんだな」

「私は昔からこうです。前の仕事も体力勝負でしたからね」

いい機会だと思い、黒星は気になっていたことを尋ねてみようと思った。幸い、近くにほかの客はいない。

「看護師の仕事は大変なんだろうな。きつくて辞めてしまう人も多いんじゃないか?」

「そうですね。まあ、私の場合は事情が違ったんですけど……」

「正義を守る仕事に転職したかったから、とか?」黒星はおしぼりで手を拭きながら言った。「よかったら聞かせてくれないか。相棒のことを知っておきたくてね」

雪乃は少しためらう様子を見せた。艶のある黒髪を指先でいじっていたが、やがてぽつりぽつりと話してくれた。

「私、昔からお節介でお人好しだって言われていたんです。もともと誰かに感謝されるのが好きで、最初は看護師の仕事を選びました。病棟は暗い感じになりがちなので、わざと明るい声を出したり、軽い冗談を言ったりしました。そういうやり方が自分に合っていると思ったんです。それに、言うべきことを言わなかったせいで後悔したこともありましたから」

なるほどな、と黒星は納得した。雪乃は空気が読めないわけではなく、雰囲気をよくするために明るく振る舞っていたわけだ。今回の捜査でも、その努力を続けていたのだろう。

「でも看護師の仕事をするうち、精神的にきつくなってきました。患者さんや家族からのクレーム、ドクターからのプレッシャー、院長からの無理な指示……。そういうことに対して私が何か言おうとすると、いつも止められてしまうんですよね。こちらの考えも聞いてほしいのに、看護師の立場ではそれを主張できないんです。理不尽だと思いました」

「それで君は、看護師の仕事に耐えられなくなった、と……」

「いえ、逃げたわけじゃないんですよ。結局、看護師はいつもドクターの指示で動かなくてはいけませんよね。新米の先生と仕事をしたときなんて、歯がゆくて仕方ありませんでした。そういう状況だったから、自分の判断で行動できる立場になりたかったんです。いろいろ考えて、警察官になればそれができると気がつきました。現場に出れば、誰かに縛られることもないし、市民から感謝してもらうこともできます。まさに私好みの仕事だったというわけです」

少し論理の飛躍があるように思うが、雪乃の中では筋が通っているのだろう。

「で、今は納得できているのか？」

黒星が訊くと、雪乃は嬉しそうな顔でうなずいた。

「私にとって天職じゃないかと思うんですよ」鼻息荒く、雪乃は言った。「黒星さんはどうなんです？　やっぱり正義のために働きたいと思ったんでしょう？」

「……まあ、それはそうだ」

「だったら私と同じですよ。正しいことを、ふたりで世の中に広めていきましょう」

どうも調子がくるってしまう。だが、やけにポジティブなこの元看護師と行動していれば、捜査はいい方向に進んでいくような気がした。今回の事件では病院の関係者が捜査線上に浮かんでいるのだ。彼女の経験が役に立つ可能性があった。

「君を誤解していた部分があるかもしれないな」あらたまった調子で黒星は言った。

「よし、ふたりで筋読みをしよう。まず、目の前にあるこの事件をもう一度分析したい」

「了解です。やってみましょう」

黒星はメモ帳を開いて、雪乃とともにこれまでの捜査内容を確認し始めた。何か見落としていることはないか。どこかにヒントが隠されているのではないだろうか。

そこへ電話がかかってきた。黒星は携帯を取り出し、通話ボタンを押す。

「おう、白黒コンビ、調子はどうだ?」三好班長の声が聞こえた。

白石と黒星だから白黒コンビらしい。これはまた、妙なあだ名をつけられたものだ。

「こちらはまだ成果なしですが、そっちで何かありましたか?」

「あったあった。でかいネタが入ったぞ」興奮した口調で三好は言った。「西脇の部下で友永という医師がいるだろう。あいつが被害者の井口とこっそり会っていたことがわかった。二週間ほど前の夜遅く、ふたりは病院の駐車場で口論していたんだ」

黒星は友永医師の顔を思い浮かべた。眼鏡をかけ、顎が細くて清潔な印象を持った男性。西脇外科部長の下で、さまざまな手術を手伝ってきたと思われる人物だ。

「それでな、詳しく調べたところ、友永は五年前に医療過誤で民事裁判を起こされていたんだ。最終的には和解したが、被害を受けたという原告側に井口が協力していたらしい。井口は元製薬会社の社員で、十年前に退職したあと暴力団と関わるようになった。医療関係者の弱みにつけ込んで、荒稼ぎしていた可能性がある」

「となると、友永先生が井口肇を……」黒星は携帯を握り直した。「この先、友永先生から任意で事情を聞くことになりますよね?」

「ああ。捜査一課が準備を整えて、明日の朝、引っ張るそうだ」

そのほか、黒星に連絡事項をいくつか伝えると、三好は電話を切った。
どうかしたんですか、と雪乃が尋ねてきた。黒星はかいつまんで電話の内容を伝える。
雪乃はじっと考え込む様子だ。
ここに来て急に捜査が動きだした。今朝の都築係長の言葉が効いたのだろうか。
早ければ明日にはこの事件を解決することができるかもしれない。表情を引き締めて、
黒星は携帯をポケットにしまい込んだ。

5

五月十六日、早朝に友永秀典は自宅マンションから連れ出された。

「今日は大事な手術がある」と彼は主張したが、刑事たちに取り囲まれて結局、諦めたらしい。午前八時二十分現在、友永は本所署の取調室で事情聴取を受けているという。

捜査会議の時刻になって都築係長が現れたが、いつになく渋い表情だった。起立、礼の号令のあと彼は言った。

「城東第一病院の西脇医師からクレームが入りました。友永を勝手に連れていくとはどういうことだと、かなりの剣幕でした。どうやら今日は大きな手術があるらしい。しかし申し訳ないが、こちらも仕事です。代わりの助手を手配してほしい、と言っておきま

した」

急に予定変更となって西脇医師は困っただろうな、と黒星は思った。だが都築係長の言うとおり、警察には警察の仕事がある。

事情聴取の結果を気にしつつ、黒星は雪乃とともに聞き込みに出かけた。

「そういえば今日、城東第一病院ではあの人の手術が行われるんだよな。ほら、この前、西脇先生と会ったとき、廊下で車椅子に乗っていた……」

「半田康子さんですね。顔色が悪かったから心配ですよね」

雪乃も気にしているようだった。

その半田康子の手術が成功しなかったと聞いたのは、捜査の途中、午後四時過ぎのことだった。三好班長と電話で話しながら、黒星は首をかしげた。

「成功しなかった、というのはどういう意味です？　失敗ではないんですか」

「ある程度手術を進めたんだが、中止したらしい。また別の日に再手術するそうだ」

「もしかして、友永先生を任意で引っ張ったことが影響したんでしょうか」

「そのようだな。西脇から捜査本部に、また抗議の電話がかかってきたんだよ。精神的な動揺が手術の中止につながった、医師は人の命を預かっているんだから無神経な捜査はやめてくれ、とね。患者の夫の半田孝雄《たかお》という人も、手術が中止されて相当ショックを受けていたそうだ」

これは予想外だった。半田夫妻に迷惑がかかったのは、残念だとしか言いようがない。

「で、友永先生の事情聴取はどうです?」気を取り直して黒星は尋ねた。

「それがだな、捜査一課でも落とせなかったらしい。有力な情報も自供も、何ひとつ得られなかった。仕方なく、もうじき友永を帰らせるという話だ」

「本当ですか? あの人が怪しいのはたしかだというのに……」

電話を切ったあと、黒星は今の話を雪乃に伝えた。彼女も表情を曇らせた。

「困りましたね。今後、西脇先生から協力を得られなくなる可能性がありますよ。有名な先生ですから、もしかしたら政治家とも親しかったりして……」

「まずいな。それはまずい」

万一圧力をかけられたりしたら、今後の活動に支障が出るかもしれない。このまま、捜査は暗礁に乗り上げてしまうのではないだろうか。

低い声で唸ってから、黒星はひとり腕組みをした。


その日、黒星と雪乃は午後七時過ぎに捜査本部へ戻った。

缶コーヒーで一息ついているところへ、地取り班の刑事が通りかかった。顔見知りの人物だったから、黒星は気軽に声をかけてみた。

「地取りのほうはどうだ? 何か新しい情報はないかな」

「ああ、黒星さんは鑑取りでしたね。この男のこと、何か知ってます？」

地取り班の刑事が差し出したのはA4サイズの紙だった。そこには暗い画像が印刷されている。街灯の下にふたりの男性がいて、揉み合っているようだ。驚いたことに、相手の胸ぐらをつかんでいるのは黒星たちが知っている人物だった。

「半田孝雄さんじゃないか！」黒星は思わず腰を浮かした。

それは城東第一病院に入院している半田康子の夫だったのだ。

「これ、どこの防犯カメラから持ってきた？」

「現場から五十メートルほどの場所です。事件の夜、午前一時十分ごろのデータですね」

「映像はここにあるのか？」

「ええ、すぐ見られます」

地取り班の刑事はノートパソコンを操作して、防犯カメラの記録映像を見せてくれた。

「相手の男が誰なのか、わからないかな。ゆっくり再生してくれ。……そう、そこでストップ！」

画面を見つめるうち、黒星は眉をひそめた。相手の男の顔ははっきりしない。だがその背恰好や髪型には見覚えがあった。

真剣な表情で、黒星は雪乃のほうを向いた。

「今、思いついたことがある。それについて君の意見を聞かせてくれないか」

黒星は自分の考えたことを雪乃に説明した。彼女はときどき質問を差し挟み、矛盾点を指摘してきた。黒星は細部を修正しつつ、あらためて推理を進めていく。そのあと病院へ電話をかけ、ある事実を確認することができた。

やがてひとつの筋読みが出来上がり、黒星と雪乃は深くうなずき合った。

至急、都築係長に報告しなければならない。黒星は資料を抱えて立ち上がった。

6

午後八時、黒星たちは城東第一病院を訪れた。

遅い時刻だが、関係者がまだ病院にいたのは幸いだった。応接室で神林理事長は不安そうな顔をし、西脇医師と友永医師は不機嫌な表情を浮かべている。

対する警察側は黒星と雪乃、捜査一課の都築係長とその部下ふたりで計五名だ。

「こんな時間に何です？　先生方はお忙しい身なんですから」神林が言った。

「我々は明日も早くから仕事があるんです」西脇は眉間に皺を寄せながら、腕時計の文字盤を見つめる。「もう八時五分ですよ」

「本当に困りますね」友永が同意した。「私は朝から事情聴取を受けていて、今日は一日、何もできなかったし……」

三人とも露骨に迷惑そうな顔をしている。

ここでは黒星と雪乃が話を進めることになっていた。まず黒星が口を開いた。

「井口肇さんが殺害された事件について、お話ししたいことがあります。事件のあった夜、現場近くの防犯カメラに半田孝雄さんの姿が記録されていました。ある男性の胸ぐらをつかんでいたようです。その男性こそが事件の犯人ではないかと私は考えています。推測になりますが、犯人は亡くなった井口肇さんに弱みを握られ、ゆすられていたんじゃないでしょうか。その夜も雑居ビルで金を要求されたんだと思います。しかしここで犯人は井口さんを階段から転落死させた。それを目撃したのが、具合の悪い奥さんに深夜まで付き添っていた、半田孝雄さんだったのではないか。防犯カメラの映像は、そのあとに撮影されたんでしょう」

神林、西脇、友永の三人は話がどこへ進むのかわからず、戸惑っているようだった。一方、警察側のメンバーは油断のない目で神林たちを観察している。

「普通なら半田さんは警察を呼んだはずです。しかし彼は、数日後に行われる奥さんの手術のことで頭がいっぱいだった。だから奥さんのために行動してしまった。彼は犯人の胸ぐらをつかんで『考え直せ』と迫ったんじゃないでしょうか」

それを聞いて、神林理事長は怪訝そうな顔になった。

「なぜ半田さんがそんなことを？　いったい何を考え直せと……」

「犯人はおそらく『自首する』と言ったんです。半田さんはそれに強く反対した。『この殺しは猟奇殺人犯がやったことにしよう』と提案したんだと思います」

「猟奇殺人犯？」

「ええ。犯人も迷ったでしょうね。しかし逮捕されれば地位も名誉も失われ、家族も苦しむぞ、と半田さんに説得された。それで犯人は遺体に傷をつけることにした。現場に犯行声明のメッセージを残し、猟奇殺人犯が存在するように見せかけたんです」

最初から猟奇殺人犯などはいなかった、というのが黒星の考えだ。

「では殺人犯は誰なのか……。ここから先は、元看護師の白石巡査長が説明します」

神林たちは驚いたようだ。まさか刑事が元医療関係者だとは思わなかったのだろう。

「井口さんの遺体には頰の左、右胸、左脇腹に傷痕がありました」雪乃は話し始めた。

「三つの線を交差させたアスタリスクマークのような傷です。あれは何かの痕跡を隠すためのものではないか、と私たちは考えました。……たとえばこうです。殺害するとき、犯人が身に着けていた何かが井口さんの頰に強くぶつかり、線状の傷がついてしまった。そのままでは自分が疑われると思い、犯人は刃物を使って『その傷自体を取り除いた』のではないでしょうか。長さ四、五センチほどのまっすぐな傷だったから、その外側数ミリのところに刃を走らせて、幅が三、四ミリあるV字型の溝を作った。そうやって皮膚とともに傷そのものを切除したわけです。

ただ、そのままにしておくと作為がばれるかもしれません。それで同じような線をもう二本作ってアスタリスクの形にした。さらに胸や腹にも同様の傷を残して、意味があるように見せかけた。……では最初の傷は、何によって出来てしまったんでしょうか」

そこまで言ったあと、雪乃は西脇に視線を向けた。

「西脇先生、その腕時計はベルトがたるんでいますよね。失礼ですが、ディスカウントショップなどで急いでお買いになった、低価格の商品ではありませんか？　だからベルトの調整がうまくできないのでは？」

雪乃に問われて、西脇の表情が変わった。動揺を隠そうとしているようだが、黒星たち捜査員には一目瞭然だった。今、西脇の心拍数は跳ね上がっているに違いない。

「実はここへお邪魔する前、電話で看護師さんから話を聞きました。以前、先生は別の腕時計を使っていたそうですね。革のベルトに『尾錠《びじょう》』と呼ばれるバックルが付いているタイプだった。ところが事件のあと、先生は腕時計を替えていますよね」

「それが何だというんです？」西脇は眉をひそめた。「私が腕時計を替えたからといって、何か問題があるんですか」

「ではもうひとつ。今日、友永先生が事情聴取を受けたとき、西脇先生はかなりの剣幕で抗議なさったそうですね。大事な第一助手が手術に参加できなくなったのだから、お怒りも当然だと思います。ですが、この大きな病院であれば、ほかの方を助手にしても手術はうまくいったんじゃないでしょうか」

「気になって集中できなかったんですよ。だから……」

西脇が言いかけると、雪乃はゆっくりと首を横に振った。普段の柔和な印象は消え、彼女は厳しい警察官の顔になっていた。

「違うと思います。先生が手術を成功させられなかったのは、友永先生がいなかったからですよね？　弟子というべき立場だった友永先生が、今では相当な腕前になった。実際のところ、友永先生なしでは手術がうまくいかないほどになっていた。そうですね？」

西脇は低い声で唸った。それから彼は腕組みをして、貧乏ゆすりを始めた。

「その癖も気になっていたんです」雪乃は指摘した。「腕を組んで貧乏ゆすりをしていたのは、もしかしたら右手の震えを隠すためじゃありませんか？　その震えのせいであの夜、何度も傷をなぞることになったんですよね？」

「西脇先生を侮辱するのはやめてください！」

友永が強い調子で言った。だが西脇自身は思ったよりも落ち着いているようだ。

「いいよ、友永先生」西脇は部下を制した。「それで刑事さん、その先は？」

うなずいて雪乃は説明を続けた。

「西脇先生は今、友永先生なしでは手術ができない状態なのだと思います。原因は病気、怪我などいろいろ考えられますが、とにかく病院としてはそれを隠す必要があった。医師ランキングでも上位に入る西脇先生は、病院の広告塔とも言える存在でしょうから」

神林と友永は気まずそうな様子で黙り込んでしまった。

都築係長たちは険しい顔で、西脇に視線を注いでいる。渦中の西脇は硬い表情のまま、テーブルクロスをじっと睨んでいた。

ややあって西脇は顔を上げた。深いため息をついてから、彼は口を開いた。

「もう言い逃れはできませんね。……もともと私は気の小さい人間だったんです。手術の腕を評価されてきましたが、その立場を守っていけるかどうか不安で仕方がなかった。絶対に失敗できないというストレスから、オペのとき手が震えるようになってしまいました。そんなとき井口が大麻を勧めてきたんです。以前、製薬会社の社員だった井口とはずっとつきあいがあって、彼が連れてくる患者を優先的に手術する代わりに、私は酒や遊びの世話をしてもらっていました。三年前、私は大麻に手を出しました。ところがそのことをネタに、井口は私を脅迫するようになったんです。奴にはこれまでに一千万円ほど渡したと思います。

あの夜も、雑居ビルの二階で井口と会いました。そのとき私は覚悟を決めて、もう金は渡せないと伝えました。すると井口は激高して、私と揉み合いになった。そのうち足を滑らせて、ふたりとも階段を転げ落ちてしまいました。しばらく気を失っていましたが、私が意識を取り戻すと井口はもう死んでいたんです。頰の左側には一筋の傷が……。腕時計のバックルに金具があって、転落するとき井口の頰をひどく引っかいたようでした。私は思わず悲鳴を上げてしまった。仕事柄ご遺体はたくさん見てきたというのに、まったく情けない話です。そこへ、私の声を聞いてやってきたのが半田孝雄でした」

西脇は事件について、告白を続けた。

混乱し、動揺していた西脇は、これまでの経緯を半田に説明したという。その上で「このあと警察に自首する」と話した。だが、妻の手術を控えていた半田は強く反対し、黙っていればわからないと言った。パニック状態に陥った西脇は雑居ビルを飛び出したが、しばらく走ったところで半田に捕まり、胸ぐらをつかまれてしまった。

「今、先生がいなくなったら困るんだよ。俺の言うとおりにしろ！」

と半田は凄んだ。西脇は呆然としたまま、半田とともに現場へ戻ることになった。

「半田は遺体を運び出そうと考えたようでした。でも車を使えば目撃されるだろうし、警察のナンバー識別装置も気になります。それで遺体は放置することにしました」

早く逃げよう、と半田が言うのを西脇は引き止めた。遺体の頰には証拠となる傷がついてしまっている。それをどうにかしなければ、自分に疑いがかかるおそれがあった。

そこまで気にすることはないだろう、と半田は言ったが、西脇は受け付けなかった。

どうにかしてこの傷を偽装したい。それができないのなら、やはり自首する、と言い張った。仕方なく、半田は偽装工作に協力することになったのだ。

「私たちはこの事件を、猟奇殺人者の犯行に見せかけようとしました。まず私は半田からカッターナイフを借りました。新聞の占いコーナーを切り抜くため、半田はいつもカッターナイフを持っていたんです。……私は遺体の頰の傷を、周辺の皮膚ごと切除して溝を刻んでいきました。ひどく緊張して右手が震えていましたから、とにかく必死でした。そのあと、さっき刑事さんが言っていたとおり、ほかにも傷を作って三つのアスタリスクを残したんです」

削ぎ落とした皮膚片は西脇が回収し、被害者の財布や免許証は半田が持っていったという。帰りに西脇は、深夜営業の店でとりあえず安い腕時計を買い、次の日からはそれを使った。被害者の血や皮膚片が付着した古い腕時計は洗浄して、ずっと自宅に隠していたのだ。

「もしかして、あの図形はスター・オブ・ライフだったんじゃありませんか？」雪乃が尋ねた。

「ああ……似ていますね。病院でよく見ていたから、線状の傷を隠そうと思ったとき、無意識のうちにそれを象《かたど》ってしまったのかもしれない」

深い息をついたあと、西脇は都築のほうを向いた。

「刑事さん、今回の事件は私の弱さのせいで起こったんです。本当に私は愚かでした」

どうにか犯行を隠せないかと、西脇は今まで策を講じてきたのだろう。だが結局、その場しのぎの偽装はどれも成功しなかったわけだ。

「西脇先生、署で詳しい話を聞かせていただきます」

都築係長にそう呼びかけられ、西脇はソファから立ち上がった。黒星たちは彼に近づき、ドアのほうへと歩かせる。

「西脇先生！」友永医師の声が聞こえた。「本当にそんなことをなさったんですか？」

ああ、そうだよ、と西脇はうなずいた。

「友永先生、世話になったね。君が今まで尽くしてくれたことはずっと忘れない」

黒星たちに促され、西脇はぎこちない動きで応接室を出た。

7

五月十八日、午後六時五十分。被疑者の逮捕から二日が経過していた。

西脇の供述をもとに、黒星たちは裏付け捜査を進めている。半田孝雄も逮捕され、事件について自供を始めていた。

今夜の捜査会議に備えて、黒星と雪乃は報告書をまとめているところだった。

「前に友永先生が井口肇と駐車場で口論していた、という情報があっただろう。あれは西脇の様子がおかしいと感じた友永先生が、井口肇から事情を聞こうとしたらしいな」

黒星がそう言うと、雪乃は顔を上げてこちらを見た。

「でも結局、井口さんは脅迫のことを明かさなかったんですよね。友永先生はそれ以上、首を突っ込むことができなかった……」

「西脇自身も、師弟関係があったとはいえ、友永先生には相談できなかったわけだ」

「師弟関係があったからこそ、話せなかったんじゃないでしょうか」

たしかにな、と黒星は思った。人間というのはプライドを持つ生き物なのだ。

――それにしても、城東第一病院は貴重な人材を失ってしまったな。

犯人逮捕のあと、そのことがずっと気になっていた。

「半田の奥さんや、そのほかの患者はこれからどうなるんだろう」

黒星は取調室にいた半田孝雄の顔を思い出した。痩せていて顔が小さく、どこか気弱そうな雰囲気の男。その彼が西脇に死体損壊という犯罪を教唆したのは、手術を待つ妻がいたからだ。今回西脇が逮捕されたことで、半田はひどく悔しがっているに違いない。

「ああ、そのことなら大丈夫ですよ」

屈託のない調子で雪乃は言った。いつものように、あえて雰囲気を明るくしようということだろうか。それにしても、大丈夫だと言い切れるのはなぜだろう。

「どうしてだ？　いくら友永先生が技術を習得したといっても、リーダーである執刀医は、やはり西脇でなくちゃ駄目だろう？」

「黒星さん、先週西脇が行った別の手術は成功しているんですよ。でも一昨日の手術は中止されました。その理由は何だと思います？」

「第一助手の友永先生がいなかったからだよな」

「いいえ。『執刀医』がいなかったからです」

黒星は首をかしげた。腕が衰えたとはいえ、手術を采配する執刀医は西脇だったのではないか――。そこまで考えて、はっとした。

「もしかして、すでに執刀医は友永先生に代わっていたのか？」

「ええ。ストレスで手が震えるようになった西脇は、友永先生に手術を任せていたんだと思います。優秀な友永先生は、かつての西脇をしのぐような技術を身につけた。最近の手術では立場が逆転して、執刀医が友永先生、第一助手が西脇だったはずです」

「しかし……それは君の推測だろう？」

黒星が疑うような目で見ると、雪乃は捜査資料の中の一ページを指差した。

「遺体のそばに、犯人の靴跡が残っていましたよね」

「ああ、体の左側、心臓の近くだったな」

「遺体の左側に、犯人のものらしい靴跡がありましたよね。あそこは手術のとき第一助手が立つ位置なんです。遺体を損壊するとき、西脇はなぜその場所に行ったのか。……西脇はここ数年の手術で毎回、第一助手を務めていたからじゃないでしょうか。だから今回もごく自然にその場所に行って、カッターナイフを使ったんだと思います」

意表を衝いた意見だった。だがその説には説得力があるように思われる。

「友永先生は西脇に恩があるから、自分が執刀医になったことを隠していたんでしょうね」雪乃は続けた。「看護師を含めて関係者全員が黙っていたことを考えると、箝口令を敷いていたのは理事長か院長あたりじゃないでしょうか」

「そこまでわかっていたから、君は西脇の罪を暴いたのか？ 今後の手術に影響はないだろうと考えて……」

「そういうことです。この事件がなかったとしても、いずれ西脇は引退して友永先生にすべてを託していたと思いますよ。今回は、それが少し早まっただけでしょう」

感心して、黒星は雪乃の顔を見つめた。彼女はいつものとおり、明るく前向きだ。だがその表情の中に、少しだけ憂いが混じっているように思われた。

雪乃の目に犯人の西脇はどう映ったのだろう、と黒星は考えた。「正義」のためとはいえ、かつて看護師だった雪乃にしてみれば、医師を逮捕することには迷いがあったのではないか。

黒星の視線に気づいて、雪乃は、おや、という表情になった。

「どうかしたんですか、黒星さん」

「いや……。事件が解決してよかったな、と思ってさ。今回は黒星にならずに、金星を挙げることができたし」

「そういえば、三好班長が言っていましたよ。白黒コンビはよくやった、とかなんとか。もしかして私たち、期待されているんでしょうか」

噂では三好のほか、刑事課長も雪乃を評価しているという。いや、それだけではなかった。黒星自身も、今回の捜査で彼女を見直すことになったのだ。神頼みのような話だが、自分の運の悪い部分を、雪乃が打ち消してくれるのではないかと思っていた。

「実は俺も期待しているところなんだ。元看護師という経歴は、これから絶対役に立つと思うぞ。君は刑事に向いているよ」

黒星は雪乃に向かってうなずきかける。

意外だという顔をしたあと、彼女は目を細めて笑った。

「おだてたって何も出ませんよ。さあ、早く報告書をまとめましょう」

そう言って、雪乃は艶のある黒髪を掻き上げた。

美神《ヴイーナス》の傷痕

1

　冷やし中華を食べようと思ったら、店には臨時休業の札が出ていた。

　仕方なくカレー屋に行くと、そこには長い行列が出来ている。結局いつものコンビニに行って、いつもの弁当とお茶を買うことになった。

　やれやれ、と黒星達成《くろぼしたつなり》は思った。どうやら今日は「駄目な日」らしい。何をしてもうまくいかず、ことごとく裏目に出てしまう。そんな日が週に一度はやってくる。

　前方に本所警察署の建物が見えてきた。黒星は正面玄関から中に入ったが、交通課はどこかと一般市民に訊かれ、階段を上っていると、今度は警務課長に呼び止められた。署で行うレクリエーションの企画案を、刑事課でも早く出してくれという話だ。上司に伝えておきますと答えたが、自分の机に戻るまでずいぶん時間がかかってしまった。

椅子にどかりと腰掛けて、黒星はひとりため息をつく。それから弁当の蓋を取った。

隣の席に誰かやってくる気配があった。後輩の白石雪乃《しらいしゆきの》だ。

彼女は不思議そうな顔で尋ねてきた。

「黒星さん、そんな顔して、いったいどうしたんですか」

「まったく今日はついてない」お茶を一口飲んでから、黒星はぼやいた。「俺はたぶん、不幸の星の下に生まれたんだろうなあ」

「今日は一段とネガティブですね」

「やっぱり名前がよくないんだよ。警察官なのに名前が『黒星』なんてさ」

勝負事で黒星といったら負けのことだ。警察では縁起を担ぐことが多いから、黒星などという苗字は嫌われがちだ。

「じゃあ、どこかへ婿入りしたらどうですか。苗字が変わればいいんでしょう?」

冗談っぽくそう言って、雪乃はくすりと笑った。

名は体を表すというが、白石雪乃は色白の女性だ。ストレートの黒髪は肩に掛かるくらい。目尻が少し下がっていて愛嬌のある顔をしている。そんな彼女だが、警察に入る前は看護師だったというから驚きだ。

黒星などは大学を出てからずっと警察で働いているが、いまだに大した金星は挙げられずにいる。それに比べると雪乃は優秀だった。中途採用でありながら、幹部たちから注目されているという。同じ刑事だというのに、どうにも不公平だ。

——やっぱり名前だよなあ。

またネガティブなことを考えながら、黒星は弁当を食べ始めた。

と、そこへ廊下から男性が駆け込んできた。黒星たちの上司、班長の三好武彦《みよしたけひこ》だ。普段ジムで鍛えているという三好は、大胸筋を大きく上下させながら黒星たちに言った。

「管内で事件だ。墨田区錦糸一丁目で女性の遺体が見つかった」

驚いて黒星は箸を置いた。隣の席にいた雪乃も眉をひそめている。

「殺しですか?」黒星は尋ねた。

「遺体が損壊されているそうだ。またうちの署に捜査本部が設置されるぞ。まいったな。どうして最近、こんなに事件が起こるんだ」

俺にツキがないせいですかね、と黒星は言いかけたが、すぐにその言葉を呑み込んだ。そんなことを言っている場合ではない。殺人事件が起きたのなら、逃走中の犯人を一刻も早く捕らえなくてはならない。

「取り急ぎ、白黒コンビは現場に急行してくれ。あとで本庁の捜査一課も行くはずだ」

「了解です」

食べかけの弁当に蓋をして、黒星は椅子から立ち上がった。

十五分ほどで黒星と雪乃は臨場した。

ＪＲ錦糸町駅から四百メートルほど離れた場所にある、三階建ての廃屋だ。築五十年ぐらい経っているだろうか。壁にはひび割れがあり、雨戸にはあちこち汚れが目立つ。庭には段ボール箱やペットボトルなどが散乱して、雑草が伸び放題になっていた。

立入禁止テープの張られた門のそばに、立番の制服警官がいた。所属と階級を伝えて、黒星たちは廃屋の敷地に入っていく。

玄関の左手にブルーシートが張ってあり、刑事や鑑識係員たちが出入りするのが見えた。顔見知りの鑑識主任を見つけて、黒星は声をかける。

「お疲れさま。作業のほうはどうです？」

「ああ、白黒コンビの登場ですか」

いつの間にか、署内でその呼び名が定着してしまったらしい。黒星は顔をしかめたが、雪乃はなんとも感じていないようだ。

鑑識主任に案内され、白手袋を嵌《は》めてから黒星たちはブルーシートの中に入った。雑草の上に別のシートが敷かれ、女性が仰向けに横たわっている。

三十代半ばだろうか。セミロングの髪には緩やかなウエーブがかかっている。頬から顎にかけてのラインがすっきりしていた。細めの眉に、形のいい鼻梁、唇には鮮やかな色のルージュが塗られている。着衣は紺地に白い花柄のスカート、そしてゆったりした白いシャツだ。ネックレスの掛かったバストは豊かなものだった。

だが形のいいその胸は、無残な有様になっていた。刃物が使われたのだろう。シャツが切り裂かれ、胸部はひどく傷つけられて血まみれの状態だ。

「ひどいな。いったい何回刺されたんだ？」

両手を合わせてから、黒星は遺体のそばにしゃがみ込む。同じく腰を屈めて、雪乃は遺体を観察し始めた。

「衣服に付いた血液はそれほど多くありませんね。死亡したあとに胸を傷つけられたんじゃないでしょうか」

雪乃が話しかけると、鑑識主任は深くうなずいた。

「おそらくそうです。……ここを見てください。頸部に索条痕があります」

「犯人はロープか何かで首を絞めたあと、遺体を損壊したわけですね。凶器は見つかりましたか？」

「いえ、犯人が持ち去ったようです。ただ、遺体のそばにこんなものが落ちていました」

主任は透明な証拠品保管袋を掲げてみせた。中に入っているのは長さ十センチほどの、金属製のピンだ。先端は細く尖り、尻の部分には膨らみがある。巨大な縫い針のようにも見えたが、もちろん針穴などはない。

「何でしょうね、これ」袋に目を近づけて雪乃は首をかしげる。

「わかりません。材質はおそらくステンレスです」

「見かけない形状だな」横から保管袋を覗き込んで、黒星は言った。「……それで、胸の傷の具合はどうだったんですかね」

鑑識主任は遺体を見下ろして、渋い表情を浮かべた。

「ちょっと妙な状態なんです。まず、ナイフなどの薄刃の刃物で切り裂いた痕があります。それから、錐《きり》のようなもので刺したり引っかいたりした傷も見つかりました。よほど恨みが深かったのか、胸の肉を抉るようなことまでしています」

「ナイフだけじゃなく錐のようなものまで……。事前にいくつも用意していたのかな」

「この金属製のピンも、遺体の損壊に使われたんでしょうか」雪乃は保管袋を指差す。

「それはないでしょう。先が尖っているといっても、錐のように鋭利ではありませんから」

犯人はナイフなどの凶器には注意を払い、しっかり回収していった。しかしピンだけはうっかり落としてしまった。そういうことだろうか。とにかく、このブツは大事な手がかりになりそうだ。

黒星たちが話しているところへ、スーツ姿の若い男性がやってきた。以前、別の事件で知り合った機動捜査隊のメンバーだ。

所持品から被害者の身元がわかっていることを、彼は教えてくれた。

「有馬貴子《ありまたかこ》、三十五歳。自宅は千葉県習志野《ならしの》市です。電車でも車でも、この現場まで四十分以上かかりますね」

「じゃあ我々は早速、マル害の自宅に……」

黒星は雪乃とともに、ブルーシートから出ようとした。

「あ、待ってください」機捜のメンバーは黒星を呼び止めた。「自宅に電話をかけましたが、誰も出ないそうです。それより、被害者の夫に話を聞くほうが早いと思います」

「旦那さんはどこに？」

「錦糸町駅のそばでクリニックを経営しているようです。美容外科らしいですよ」

「美容外科って、整形手術なんかをするところですか」

「ええ。……それでね、非常に気になることがあるんです。この女性には整形手術を受けた痕跡があるんですよ」

それを聞くと、雪乃の表情が変わった。険しい顔をして、彼女は一歩前に出る。

「痕跡があったのはどこです？」

「はっきりわかるのは目元、鼻、それから胸ですね」

「豊胸ですか……」

雪乃はつぶやいて、遺体のシャツに目をやった。そこには血に染まった、ふたつの豊かな膨らみがある。考え込みながら、雪乃は遺体をじっと見つめている。

「とにかく、そのクリニックに行ってみよう」

彼女を促して、黒星はブルーシートの外に出た。

2

JR錦糸町駅、南側のロータリーから歩いて一分ほどの場所に、白壁の雑居ビルがあった。その二階に《有馬美容外科クリニック》という看板が出ている。

「有馬雄介《ゆうすけ》、五十二歳」雪乃が携帯の画面を見ながら言った。「開業したのは今から二十年前のことです。情報によると、施術例が多いのは目や鼻、唇らしいですが、顎のラインを整えたり、豊胸なんかもやるようです」

「何でもあり、という感じだな」

ふたりはエレベーターで二階に上がった。ふと見ると、白衣を着た看護師らしい女性がクリニックのドアに紙を貼っている。そこには《本日、臨時休診いたします》と書かれていた。すでに警察から、有馬貴子が亡くなったという連絡を受けたようだ。

「こちらの看護師さんですか?」黒星は警察手帳を呈示した。「有馬雄介先生はいらっしゃるでしょうか」

「あ、警察の方ですか……」

彼女は驚いた様子だ。歳は二十代半ばだろう。髪を短めのボブにした小柄な看護師だ。

案内されて、黒星と雪乃はクリニックに入った。白を基調とした内装には清潔感がある。待合室に患者の姿はなかった。今日、予約済みだった患者には断りの電話を入れたのかもしれない。

黒星たちは診察室で有馬雄介と向き合った。有馬は五十二歳ということだが、肌の色つやが悪く、もう少し年上に見える。彼は紺色の医療用スクラブの上に白いドクターコートを着ていた。これは黒星が想像していたとおりの医師の姿だ。だが予想外だったのは、有馬が顔を強張《こわば》らせて目に涙を浮かべていることだった。

「刑事さん。貴子が……貴子が亡くなったというのは本当なんですか？」

声を詰まらせながら彼はそう尋ねてきた。黒星は表情を引き締めてうなずく。

「先ほど現場を確認してきました。奥さんは何者かに殺害されたものと思われます」

「いったい妻はどんなふうに……」

見てきたことをそのまま説明するわけにはいかない。捜査上の秘密もあるし、何より有馬は被害者の夫なのだ。

「詳しいことはお話しできないんですが、奥さんは首を絞められて殺害されたあと、胸を傷つけられていました」

「胸を？」有馬は眉をひそめる。「傷つけるって刃物か何かで、ですか？」

そうです、と黒星は答えた。途端に有馬は顔を歪め、苦しそうな表情を浮かべた。どこかが激しく痛むのを、じっとこらえているかのようだ。

「なぜだ。どうして貴子がそんな目に……」

人目を憚《はばか》ることもなく、有馬はひとり嗚咽《おえつ》する。その様子を見て、先ほどの看護師が声をかけた。

「しっかりして、お父さん」

おや、と黒星は思った。意外な思いで彼女を見つめる。

有馬が少し落ち着くのを待ってから、黒星は看護師に問いかけた。

「有馬先生の娘さんですか？」

「はい」彼女はこちらを向いてうなずいた。「比呂美《ひろみ》といいます」

有馬比呂美は二十六歳。看護師として父の仕事を手伝っているという。親子ふたりでこのクリニックを運営しているのだそうだ。

比呂美が診察用の椅子をいくつか用意してくれた。礼を言って黒星たちは腰掛ける。

有馬の机には大きなパソコンの液晶画面が置いてあった。この画面で電子カルテを記入したり、整形のシミュレーションをしたりするのだろう。

「最後に奥さんを見たのはいつでしたか？」黒星は尋ねた。

「……昨日の朝です。私と比呂美は仕事に行くため、七時半ごろ家を出ました」

「奥さんの昨日の行動はわかりますか?」

すると、有馬は困ったような表情になった。彼は娘のほうを向く。有馬の代わりに比呂美が口を開いた。

「貴子さんは昨日の夜もどこかへ出かけていたみたいです」

妙な言い方だな、と黒星は思った。同じく違和感を抱いたのだろう、雪乃が問いかけた。

「今、貴子さんと言いましたよね。もしかしてあの人は……」

「後妻なんです」有馬が答えた。「比呂美の実の母親は、十年前に病気で亡くなりました。私が貴子と再婚したのは今から五年前です」

「その貴子さんが昨日の夜どこかへ出かけた。いえ、『昨日の夜も』どこかへ出かけたんですね」

雪乃に質問されて、有馬はばつの悪そうな顔をした。彼はまた娘に視線を向ける。それを受けて、比呂美は言った。

「貴子さんは父と結婚する前から、とても社交的な人だったんです。……というか、社交的な人だったから父と出会ったんだと思います。そうだよね、お父さん」

「ああ……うん」咳払いをしてから、有馬は雪乃のほうを向いた。「結婚するときに約束していたんです。私は妻の行動をあまり縛らないようにする、と」

そういうことか、と黒星は納得した。おそらく有馬雄介が貴子に惚れ込み、結婚を申し込んだのだろう。貴子は自由を求める性格だったため、私を縛らないでほしいと要求した。それで有馬は、彼女が夜に外出するのを止められなかったのだ。

「昨日、貴子さんがどこに出かけたかわかりますか？」

雪乃が問うと、比呂美は首をかしげて、

「詳しいことはわかりません。でも六本木《ろっぽんぎ》や麻布《あざぶ》に行きつけの店があるから、まずそこへ行って、帰りに知り合いのやっている錦糸町のスナックにも寄って……という感じだったんじゃないでしょうか。私のところには夕方五時ごろ携帯メールが届きました。今夜は出かけるから、お料理を温めて食べてねって」

「え……。夕飯の支度はしてくれていたんですか？」

意外だと感じながら黒星は尋ねた。すると、比呂美は釈明するような口調になった。

「貴子さんは料理が得意で、家庭的なところもあったんです。洋服のセンスもいいし、話題も豊富だし、私にとっては母親というより姉みたいな存在でした。ふたりで出かけて食事をすることもありました。貴子さんは私に、世の中のことをいろいろ教えてくれたんです」

「貴子は普段から、比呂美とメールをやりとりしていたんですよ」横から有馬が言った。

「むしろ、私のほうが貴子の行動をよく知らずにいるぐらいでした。でも刑事さん、貴子は私の手のひらで踊っているようなものだったと思います。最後には必ず戻ってきてくれると信じていました。……それなのに、こんな事件に巻き込まれるなんて」

有馬は肩を落として意気消沈している。ここで雪乃が、あらたまった調子で質問した。

「貴子さんは美容整形手術を受けていましたよね」

「ああ……」ためらう様子を見せたあと、有馬は小さくうなずいた。「結婚してから、妻に頼まれて私が手術をしてきました。目、鼻、口元、顎、それからバスト……。年に何回かのペースで続けてきたんです。マッサージや磁気治療もしていました」

「そんなに？」

「整形手術をした部位は、あとで手当てが必要になるんです。たとえばヒアルロン酸を注入した場合、しばらくすると体内に吸収されてしまいます。シリコーンを入れたり軟骨を移植して形を整えた場合でも、一定期間おきにメンテナンスしなくてはいけない。だから年に何回か手術を行っていました。もちろん手当てばかりじゃなく、あらためてこの部位を整形してほしい、という貴子の要望もありました。私としても、妻が美しくなることは楽しみだったんです」

有馬は悔しさをこらえる表情になった。そんな父の姿を、比呂美はじっと見つめていた。

3

本所署の講堂に捜査本部が設置され、午後三時から捜査会議が行われた。

警視庁捜査一課の係長はやたら甲高い声を出す男性で、一刻も早く犯人を逮捕するようにと、捜査員たちにプレッシャーをかけてきた。刑事たちはみな緊張した表情でメモをとっている。

捜査状況を報告する際、黒星はこう付け加えた。

「これは私の想像ですが、夫の有馬雄介は、遊び歩いていた妻に怒りを感じていたんじゃないでしょうか。彼には犯行動機があると言えます」

「そうだな」係長はうなずいた。「よし、そいつの身辺をしっかり洗え」

報告を聞き終わると、係長は捜査員の組分けを行った。

黒星と雪乃はそのままコンビを組んで、鑑取り捜査を行うよう命じられた。まずは有馬雄介の知人への聞き込みだ。

有馬は美容外科の学会に所属していたという。その関係者から話を聞いていった。

「ええ、有馬先生は貴子さんにぞっこんでしたよ。十五歳以上、歳が違うんですが、口説き落として結婚したんです。だから貴子さんの言うことは、すべて聞いてあげていたようです」

「実を言うと、有馬先生は奥さんのことで悩んでいました。何度も整形してあげたのに、なんで俺のほうを向いてくれないのかって。でも奥さんのことが好きだったんですよね」

「貴子さんは夜、ひとりで飲みに出かけていましたよ。有馬先生は奥さんの浮気を疑っていたけど、何も言えなかったんだろうなあ。実際、貴子さんが誰かとつきあっているって噂もあったみたいだし。……いや、相手のことは知りませんけどね」

どうやら貴子は誰かと浮気していたらしい、ということがわかった。

何カ所も聞き込みを続けて汗をかいた。黒星は雪乃を誘い、自販機で飲み物を買って休憩することにした。

会議で配付された資料を見ながら、黒星はコーラを飲んだ。空では太陽がぎらついている。飲んだそばから水分が汗になって、すべて体の外に出てしまいそうだ。

捜査資料には有馬貴子の生前の写真が載っていた。

「きれいな人だよな。さすが、整形を繰り返しただけのことはある」黒星は唸った。

「なあ、貴子さんって女優の大塚美樹《おおつかみき》に似てるよな」

「あ、本当だ……」雪乃は驚いたという表情になった。「誰かに似ていると思ったら、大塚さんだったんですね。目元とか鼻とか、そっくりです」

「ここまで似ていると作為を感じるよ。貴子さんの要望だったというけど、有馬先生は奥さんを自分好みの姿にしたくて、何度も手術していたんじゃないかな」

「可能性はありますね。とはいえ貴子さんだって、きれいになれるんだから嬉しかったでしょう。旦那さんに手術してもらうのなら、費用も出さなくて済むし……」

雪乃はかつて医療の世界にいた人間だが、美容外科にも詳しいのだろうか。

「白石も整形には興味があるのか？」

黒星がそう訊くと、雪乃は少し考えてから答えた。

「私は元看護師です。医学的な観点から、いろいろ思うところはあります」

費用よりも安全面のことを言っているのかもしれない。あるいはもっと別の問題があるということか。いずれにせよ、その件はあまり話したくなさそうに見えた。

雪乃は紅茶を飲み干して、ペットボトルをごみ箱に入れる。それからこう言った。

「とにかく犯人を捕らえましょう。それが私たちの仕事です」


捜査を続けるうち、気になる情報をつかむことができた。

有馬貴子の行きつけのバーが見つかったのだ。六本木駅の近くにある店で、貴子は三年ほど前からそこに通っていたらしい。

午後七時過ぎ、黒星たちは《ＮＯＭＯ》と看板に書かれている店を訪ねた。

カウンターとテーブル、合わせて二十席ほどの小さなバーだ。店内には大学生ふうの男女がいるだけだった。ふたりは奥のテーブルで話に夢中だから、聞き込みの内容が漏れる心配はないだろう。

黒星と雪乃はカウンターの中の男性に目を向けた。やや面長で真面目そうな表情をした、四十歳前後の人物だ。白いシャツに蝶ネクタイを締めていて、昔ながらのバーテンダーという印象だった。

「店の責任者と話したいんですけど、いらっしゃいますかね？」

「私がオーナーですが……」男性は怪訝そうな顔で答えた。

彼は野茂繁之《のもしげゆき》と名乗った。年齢は三十八。店を構えて六年ほどになるという。

「警察の方が何のご用です？」

「ここに通っていた、ある女性のことを調べています」

黒星がそう言うと、雪乃がカウンターの上に写真を置いた。写っているのは、女優のように美しい有馬貴子だ。

「この人の名前を知っていますか？」

「相田《あいだ》さんだか有馬さんだか、そんな名前だったと思いますが」

「有馬貴子さんです。この人、男性と一緒に来ていたんじゃないかと……」

黒星が言いかけると、野茂は首を左右に振って話を遮った。

「申し訳ありませんが、お客さんのことをペラペラ喋るわけにはいきません」

野茂は黒星たちを無視してカクテルを作り始めた。隣にいる雪乃が、どうしますか、と目で尋ねてくる。黒星は咳払いをした。

「野茂さん、これは殺人事件の捜査なんです。有馬貴子さんが亡くなったんですよ」

この言葉は効果があったようだ。野茂は「えっ」と言って目を大きく見開いた。それから眉をひそめ、黒星をじっと見つめた。

「殺人事件と言いましたよね。有馬さんは殺されたんですか？」

「ええ。今日、遺体が発見されました」

「信じられない。どうしてあの人が……」つぶやきながら、野茂は記憶をたどる表情になった。「もしかしたら……いや、でも、そう単純に考えてはまずいのか……」

いったい何を思い出したのだろう。黒星はカウンターに身を乗り出して訊いた。

「一緒にいた男性のことですか？」

「そうです。……事件ということならお話ししますよ。有馬さんは酒田《さかた》さんという男性と、ここに来ていました。おふたりは交際しているようでした」

奥のテーブル席で貴子たちはよく飲んでいたという。黒星は野茂が指差すほうに目をやった。今その席には若いカップルがいてカクテルを飲んでいる。グラスに飾られたカットレモンやチェリーが美しい。

それを見て、黒星は複雑な気分になった。カクテルを華やかに飾るフルーツから、有馬貴子を連想してしまったのだ。手術によって本来の姿以上の美を手に入れた貴子。だが彼女は汚れた廃屋で、無残にも殺害された。特に、整形した胸をひどく傷つけられていたことには、何か意味がありそうに思える。

犯人はどんな理由で貴子を恨んでいたのだろう。その理由がわからない限り、事件は解決できないのではないか、という気がした。

4

翌日、朝の捜査会議のあと、黒星たちは新宿《しんじゅく》にあるサカタ飲料の本社を訪ねた。

ここは大手飲料メーカーだが、古くから同族経営の会社だそうで、役員はほぼ親族で占められている。酒田憲幸《のりゆき》もそのひとりだった。彼は三十六歳という若さで、すでに販売推進部長という重要な職に就いていた。雪乃の調べによれば、将来は社長になると目されているらしい。まだ独身だから、玉の輿に乗ろうとする女性は多いはずだ。

酒田は高そうなネイビースーツにブルーのシャツ、ペイズリー柄のネクタイ、胸には白のポケットチーフという洒落た恰好で現れた。それに対して、黒星のほうは量販店で買った、吊るしの安いスーツだ。

「有馬貴子さんが亡くなった件、ニュースをご覧になりましたか？」

「……見ました。どうしてあんなことが起こったのか理解できません」

表情を曇らせて酒田は言った。しきりにまばたきを繰り返すのは、刑事の前で緊張しているからだろうか。それとも何か別の理由があるのか。

「正直に話していただけますか。あなたは有馬貴子さんと交際していましたよね？」

「交際というか、彼女とは食事をしたり、お酒を飲んだりしただけで……」

「それを世間では交際と言うんです」黒星は腹から声を出して、相手を睨みつけた。「隠し事をすれば、あなたはどんどん不利になりますよ。企業の不祥事対応でもそうでしょう。最初に非を認めなかったばかりに、対応が後手に回って評判を落とす会社は多い。販売推進部長のあなたなら、よくご存じのはずです」

酒田は不安そうに目を伏せていたが、やがて諦めたという様子で顔を上げた。

「……たしかに私は、一年半ぐらい前から貴子さんと交際していました。彼女の話では、いずれ旦那さんと別れるので、そうしたら結婚しようということでした」

「えっ」黒星は思わず目を見張った。「そんなところまで話が進んでいたんですか？」

「そもそも、バーで声をかけてきたのは貴子さんのほうだったんです。でも、つきあい始めると私も彼女に惹かれてしまって……」

「具体的にはいつ結婚できそうだとか、そういう話はあったんですか」

「そこまでは聞いていません。でも結婚を意識し始めると、私もだんだんその気になってきたんです。早く両親にも彼女を紹介したいと思っていたんですよ。それなのに……」

酒田は拳を握って、自分の太ももを叩いた。その顔には悔しさが色濃く滲んでいる。

サカタ飲料のビルを出て、黒星たちはそれぞれ思案しながら歩いた。交差点で信号待ちをしているとき、黒星は雪乃に話しかけた。

「結婚を迫られて、酒田さんが貴子さんを殺害したという可能性はないかな」

「私もそのことを考えていました」雪乃はうなずいた。「酒田さんは将来社長になるかもしれない人です。貴子さんは財産目当てで近づいたのかもしれません」

「それに気づいた酒田さんは彼女に嫌気が差し、縁を切ろうとした。しかし彼女は諦めてくれず、何か弱みを握って脅してきた。思い余って酒田さんは彼女を殺害した、とかね」

「でも貴子さんだって、不倫していたという弱みはありますよね」

たしかにそのとおりだ。酒田の犯行を裏付ける証拠は何もなかった。

午後になって、黒星と雪乃はあらためて有馬医師の身辺を調べることにした。

聞き込みを続ける中で、有馬には模型の趣味があるらしいとわかった。早速、彼が通っているという模型店を訪ねてみる。

「ええ、有馬さんは常連さんですよ」店長は愛想よく答えてくれた。「鉄道模型とかプラモデルとか、いろいろ興味を持っていましてね。そうそう、あれもお求めになりました」

彼は棚の一角を指差した。そこには何種類かのドローンが並んでいる。

「有馬さんはドローンを飛ばしていたんでしょうか」

「そうだと思います。ほかにラジコンのヘリとか無線関係もお好きだったようです。子供のころほしかったものを今集めているんだ、なんておっしゃっていましたね」

笑いながら、店長は黒星にそう説明した。

模型店を出ると、雪乃が首をかしげながら言った。

「そんなにあれこれほしいものですかね。私なんか、忙しくて遊んでいる暇もないのに」

「まあ、時間は自分で作るものだからなあ」

「そうはいっても、女性は毎日化粧をしなくちゃいけないし、メイク落としも必要だし、おまけに服装までチェックされるから大変なんです」

「誰にチェックされるんだ？　同じ女性警察官か？」

「署の幹部にですよ」

え、と言って黒星はまばたきをした。

「男性が、君の化粧や服装にあれこれケチをつけるのかい。どうしてだ」

「女性は身ぎれいで可愛くあるべきだ、という信仰みたいなものがあるんですよ。化粧に手抜きをすると『女なんだからもう少しなんとかしろ』って言われるんです。黒星さん、男性のひとりとしてどう思います?」

「え……ああ、うん、それはすまなかった」

男性の代表として黒星は謝罪させられてしまった。どうにも理不尽なことだ。

「まあ、冗談はいいとして」雪乃は言った。「女性のほうにも、きれいになりたいという願望はもちろんあります。化粧で済むうちはいいんですが、顔や胸にメスを入れ始めると深みに嵌まって、やめられなくなることがあるそうです。美容外科にいた看護師から聞いたんですが、手術の直後は満足していたのに、何日か経つと違和感を抱く人がいるんだとか。鼻をもう少し高くしたほうがいいんじゃないか、顎のラインはもっと細いほうがいい、胸の形が気に入らない……。そんなふうに細かいことが気になって、何度も何度も美容外科に通ってしまうんです」

雪乃は真剣な表情だった。彼女の顔を見ながら、なるほどな、と黒星は納得した。

「元看護師として思うところがある、と言っていたのはそのことか」

「患者さん本人が望んでいるのなら、叶えてあげるのが医師や看護師の仕事だとは思います。でも、中にはやらなくていい手術だってあるかもしれません。たとえば鼻を高くしたけれど気に入らなくて元に戻す、というケースもあるらしいし」

美の受け入れ方は人それぞれということだろう。だが個人の感覚は別として、多くの人間が美しいと感じる基準のようなものはある。女優の大塚美樹などはわかりやすい例だ。彼女の容姿が優れていると思ったから、貴子はその姿に似せていったのだと考えられる。

手術を行っていた有馬雄介も、妻が美しくなるのは楽しみだった、と語っていた。ただ、あの夫婦がうまくいっていたかというと、そうでもなかったようだ。妻は浮気をしていた。五十二歳の有馬が趣味の世界に没頭したのは、逃避の意味もあったのではないか。

さらに調べを進めると、またあらたな情報がつかめた。

今から二年前、有馬は貴子のあとをつけて、浮気の相手と揉めていたというのだ。

「これ、喋っちゃっていいのかなあ」証言したのは貴子の知人だという女性だった。

「前に貴子から愚痴を聞かされたんですよ。二年前、貴子はＩＴ企業の社長とつきあっていたんです。ふたりで飲んでいるところにご主人が現れて、修羅場になったんですって」

「え……。相手は飲料メーカーの人じゃないんですか？」

「それはＩＴの社長と別れてからですよ。あとで貴子から聞きました。お金で苦労なんかしたくないって言ってましたよ」

どうやら、貴子が財産目当てで交際相手を選んでいたことは間違いなさそうだ。ＩＴ企業の社長が駄目になったから、酒田に乗り換えたのだろう。

「その後、夫の有馬さんは、新しい彼氏の前には現れなかったんでしょうか」

「ＩＴの社長のとき、かなり騒ぎになったんですよ。有馬さんが先に手を出しちゃったものだから、傷害罪で告訴されかけたそうです。貴子も旦那さんに猛反発していました。それで有馬さんも、貴子のあとをつけるのはやめたんじゃないかしら」

二年前の時点では、有馬は妻の浮気を咎《とが》めようとしていたらしい。だがそこで揉めたので諦めたということなのか。そのときから、夫婦間の力関係が変わったのかもしれなかった。


午後一時過ぎ、黒星たちはカフェに入った。店内は冷房が効いていて気持ちがいい。

ランチセットを食べ終わったあと、黒星は自分の考えを話すことにした。

「この事件の筋読みをしてみたんだ。有馬さんは妻の浮気をやめさせようとしたが、どうにもならず、とうとう殺害してしまった。遺体を見ているうち、彼は自分が施した豊胸手術を思い出した。こんな女のために、金にもならない手術をしてきたのかと怒りが沸いて、胸を切り裂いたんじゃないだろうか」

「凶器は何だったんです？」

「殺害の計画を立てて、何か刃物を用意していたんだと思う。ただし医療関係者の仕業だとわからないよう、メスなどは使わなかったんだ」

なるほど、と言ったあと雪乃は黙り込んでしまった。彼女はまだ考えをまとめきれないようだ。

「とにかく有馬さん——いや、有馬雄介の行動を調べよう。たぶん事件の夜、彼にはアリバイがないはずだ」

自信を持って黒星は言った。テーブルの周囲にほかの客がいないことを確認してから、携帯電話を取り出す。黒星は捜査本部にいる三好班長に問い合わせてみた。

「有馬雄介のアリバイ、別の組が調べていますよね？」

「ああ、さっき報告があった。死亡推定時刻は午前零時から一時の間だが、有馬はその時間帯、クリニックで手術用の装置を調整していたらしい」

「そんな遅い時間にですか？」

「夕方から装置の調子がよくなかったんだが、手配ミスか何かでサービスマンが来られなくなった。それで有馬は抗議の連絡をした。朝まで待てないと有馬が言うので、メーカーは電話対応することにした。午後十時ごろから断続的に午前一時ごろまで、メーカーの人間が有馬と電話でやりとりしている」

黒星は低い声で唸った。だとすると有馬は犯人ではない、ということだ。

「ちなみに娘の比呂美はずっと家にいたことがわかっている。室内犬を飼っているんだが、午前零時半ごろ急に鳴きだしたので宥《なだ》めていたそうだ。犬の鳴き声は隣の住人も聞いている。気になって窓から有馬の家を見ていたら、十分ぐらいして静かになり、明かりも消えたそうだ」

おおむねアリバイ確認はできたわけだ。班長に礼を言って、黒星は電話を切った。

「有馬雄介にはアリバイがあるらしい。まいったな。動機は充分だっていうのに……」

黒星は電話の内容を簡単に説明した。だが雪乃は返事をしない。彼女は難しい顔をしてカフェのメニューをじっと見つめていた。飲み物が並んでいるページだ。

「何だ? 食後のコーヒーか」

「黒星さん、これですよ、これ!」突然、雪乃は声を上げた。「まさか、こんなところにヒントがあったなんて……。ああ、どうして私は気がつかなかったんだろう!」

「ど、どうした? 白石、落ち着け」

店員を気にして黒星は腰を浮かせる。

はっとした様子で、雪乃は声のトーンを落とした。

「現場に金属製のピンが落ちていましたよね。その正体がわかったような気がします。私の考えが正しければ、犯人はあの人です」

雪乃は自分の筋読みを話し始めた。

カフェを出て、黒星たちはあちこちへ電話をかけた。

雪乃の推理について裏を取ろうという考えだ。いくつか空振りもあったが、やがて有益な情報をつかむことができた。「その人物」は事前に有馬貴子の身辺を探っていたらしい。

黒星たちは錦糸町駅に向かい、雑居ビル二階にある有馬美容外科クリニックを訪ねた。

今日も休診の札が出ていたが、院内には有馬雄介と比呂美がいた。遺体の確認や親族への連絡、葬儀の手配などやるべきことが多くて、ふたりとも憔悴しているようだった。

「いくつか、うかがいたいことがあります」

挨拶もそこそこに雪乃が言うと、有馬は怪訝そうな目をこちらに向けた。

「いったい何でしょうか」

「いえ、有馬先生ではなく娘さんにです」

雪乃は比呂美に質問を始めた。その人物のことを知っているか、喋ったことはあるか、そうだとしたら過去にどんなことを話したのか。

雪乃が予想したとおり、比呂美はその人と話したことがある、と答えた。

「そのとき家族のことを訊かれませんでしたか?」

「そういえば、貴子さんのことをいろいろ質問されたような気がしますけど……。すみません、私、あのときひとりでワインを一本あけてしまって、かなり酔っていたもので……」

「フルボトルあけたんですか？　ずいぶん飲みましたね」

黒星が驚いた顔をすると、比呂美は恥ずかしそうな表情になった。

「あの夜は、やけにワインを勧められたんです。楽しかったものですから、ついあれこれ話してしまって……」

「比呂美はワインが好きなんですよ」横から有馬が言った。「ソムリエ協会のワイン検定を受けたいと思っているみたいでね、ソムリエナイフなんかも何本も揃えていまして……」

「いや、すみません、今その話はけっこうですので」有馬の話を遮ったあと、黒星は比呂美のほうを向いた。「もしかしたら、犯人はあなたを利用したのかもしれません」

「私を……利用した？」

比呂美は目を大きく見開いた。彼女の顔に、動揺の色が広がっていった。

5

ドアを開けて店内を見回す。まだ午後五時前ということもあって、客の姿はない。カウンターに野茂の姿を見つけて、黒星と雪乃は近づいていった。野茂はわずかに眉をひそめたようだ。

雪乃は一枚の写真をカウンターに置いた。そこには金属製のピンが写っている。

「これはあなたが使っている『カクテルピン』ですよね。カクテルグラスにレモンやチェリーを飾るときに使うものです。有馬貴子さんの殺害現場にこのピンが落ちていました」

「は？　いったい何のことです？」

「先ほど防犯カメラの映像を確認しました。事件現場付近のカメラには注意して、写らないように気をつけたんでしょうね。でも有馬さんの自宅付近のカメラに、あなたの姿が何度も写っていたんです。あなたは有馬さんの家の様子をうかがっていた。この店に来た有馬比呂美さんから、貴子さんの情報も聞き出していた」

「なんで私が、そんなことをしなくちゃいけないんですか」

「あなたが有馬貴子さんのストーカーだからです。あなたは店にやってくる貴子さんに好意を抱き、あとをつけて自宅を突き止めた。のちに娘さんを酔わせて貴子さんのことを聞き出し、とうとう殺害してしまった。そうですね？」

「あんた、いったい何を……」

「詳しく調べれば、あなたが何日も貴子さんをつけ回していたことがわかるはずです。言い逃れはできませんよ、野茂さん」

「いや……私はそんなことしていませんよ」

野茂は首を横に振ったが、ひどく動揺していることは明らかだった。

黒星は彼に、任意同行を求めた。

マジックミラー越しに、黒星と雪乃は事情聴取の様子を見守っている。

今、聴取を担当しているのは、捜査一課からやってきた強面《こわもて》の警部補だった。

「あなたは有馬貴子さんに好意を抱いていたんだろう？」警部補は野茂を追及した。

「彼女は夫とうまくいっていなかったが、娘さんとの関係は良好だった。貴子さんは比呂美さんを連れて、あなたのバーに行ったことがあったよな。店が気に入った比呂美さんはその後もひとりで飲みに行くようになった。ワインの好きな彼女を酔わせて、あなたは貴子さんの情報を聞き出したんだろう。比呂美さんは貴子さんと親しくしていたから、いろいろな秘密を知っていた。貴子さんがいずれ離婚して、別の男性と結婚しようと考えていたこともだ。あなたはそれを不快に思い、なんとか貴子さんの気を引きたいと思った。ところが比呂美さんによれば、貴子さんはバーテンであるあなたのことを『目が据わっていて気持ち悪い』などと言っていたらしい。あなたは強い憤りを感じた。その結果、好意が逆転して殺意に変わってしまった。それであなたは計画を立て、知り合いの店に向かっていた貴子さんを殺害した。どうだ？」

「違う。それは違う」

野茂は慌てた様子で言った。その言葉を聞いて、警部補は彼を睨みつけた。

「何が違うんだ。説明してみろ」

「貴子は俺にとって美神《ヴィーナス》だった。でもあの女は裏切るんだ。夫を裏切って、この俺を裏切って、それだけじゃない、貴子は自分自身まで裏切っていたと思う。あいつは自分が何をすべきかわかっていなかったんだ。だから自分の顔を捨てて女優の顔に近づくよう、何度も整形手術を受けた。あいつは自分自身にさえ誠実ではなかった」

「どういうことだ。あなたはあの女優の顔が嫌いだったのか？」

そうじゃない、と野茂は言った。拳を握り締め、激しく首を左右に振る。

「好きだったんだ。だから自分だけのものにしたかったんだよ。貴子は手術をして、どんどん俺好みの顔になっていった。それなのに、俺をごみみたいに扱った。何が『気持ち悪い』だ。ふざけるな！　俺を侮辱するならもういい。殺してしまおうと決めたんだ」

鬼気迫る表情で野茂は告白する。もはや、彼が犯人であることは間違いなかった。

「しかし野茂、だからといって、遺体の胸を切り裂くとはどういうことだ？　そこまでしなくてもよかったんじゃないのか」

警部補が尋ねると、野茂は黙り込んだ。きょろきょろと視線を動かしていたが、やがて眉をひそめて訊いた。

「胸がどうしたって？」

「遺体の胸を刃物で傷つけただろう。整形された胸が不快だったのか？」

「待ってくれ。俺は胸を傷つけたりしていない。……刑事さん、どうも話がおかしいよ。さっきのカクテルピンもそうだ。なぜ俺がそんなものを、事件現場に持っていく必要があるんだ？」

隣室の野茂の話を聞きながら、雪乃はしきりに首をかしげている。そのうち何かに気づいたのか、彼女はマジックミラーから離れて廊下に出た。

「白石、どうした？」黒星は彼女のあとを追う。

雪乃は鑑識係の部屋に入ると、先日現場にいた主任を見つけて声をかけた。

「胸の傷についてもう一度教えてください。客観的な情報はともかく、お訊きしたいのは主観的な話です。主任はあの傷を見てどう感じました？　あれは怨恨による傷でしょうか」

「……まあ、私もそこはちょっと気になっていました。怨恨といえば怨恨でしょうけど、何というか……目的があって切り裂いたように思えたんです」

「たとえば体内の何かを捜していたとか？」

「そうです。変な話ですが、何かをほじくり出したというか、そんなふうに見えました。それから、遺体をよく調べたところ、切り傷以外にいくつか刺し傷が見つかったんです」

「錐のようなもので刺したり引っかいたりした痕、というのは聞いていましたけど」

「最初はそう報告したんですが、なんというか……スクリュー型の凶器が使われたような痕でした」

雪乃は黙り込んだ。しばらく考えを巡らす様子だったが、やがて「そういうことか」とつぶやいた。

「ありがとうございます」彼女は主任に頭を下げると、こちらを振り返った。「黒星さん、この事件にはもう一幕ありそうです。三好班長に報告しましょう」

黒星を促して、雪乃は足早に廊下へ向かった。

6

覆面パトカーから降りて、黒星たちは雑居ビルに入っていった。

メンバーは黒星のほか雪乃と三好班長、それに捜査一課の刑事ふたりだ。一同は階段で二階へ上がり、目配せをしてからドアのほうに向かう。

訪ねたのは有馬美容外科クリニックだった。受付にいた比呂美が、驚いてこちらを向いた。待合室に患者の姿はない。

「失礼します。有馬先生はいらっしゃいますか?」黒星は彼女に尋ねた。

「あ、はい。診察室にいますが、何か……」

「お話ししたいことがあります。比呂美さんも一緒に聞いてください」

黒星はほかの刑事たちを手招きして、診察室に入っていった。中にいた有馬が、振り返って怪訝そうな表情を浮かべた。警戒感が強く顔に表れている。

緊張した空気の中、雪乃が一歩前に出た。

「有馬先生、少しお時間をいただきます。先生にはドローンや無線の趣味がありますよね。先ほど確認したところ、GPSの知識も持っていらっしゃることがわかりました。そこから気づいたんです。……先生は貴子さんの浮気に手を焼いていた。二年前には奥さんを尾行するほどでした。でもその後は、あとをつけるのをやめた。なぜです？」

そう問われて、有馬は身じろぎをした。だが何も答えようとはしない。

彼の表情をうかがいながら、雪乃は続けた。

「尾行する必要がなくなったからではありませんか？　整形した部位は、何年かすると形が悪くなったりするので手当てが必要ですよね。それに加えて、もっと整形したいという患者側の要望もある。先生は年に何度か、貴子さんの整形を行ってきました。その手術を利用していたのではないですか？

豊胸手術の際、あなたは貴子さんの胸にGPS発信器——GPSトラッカーとも呼ばれる装置を仕掛けた。それを使うと、かなり正確に居場所がわかるので、わざわざ尾行する必要がなくなったんでしょう。GPS発信器は充電などのメンテナンスが必要ですが、あなたは磁気治療と称して、無線給電していた可能性があります。

貴子さんの居場所は、机の上にあるそのパソコンでチェックしていたんじゃありませんか？　前に先生は『貴子は私の手のひらで踊っているようなものだった』と言いましたよね。あれには比喩以外の意味があった。行動が把握できているのだから、いざとなれば奥さんを厳しく問い詰めることもできた、という意味だったんでしょう？」

話を聞きながら、黒星は有馬の表情をうかがった。初めて会ったときのように、彼は顔を強張らせている。GPSに関する雪乃の推理は正しかったのだろう。

「気持ちが通じない貴子さんを、先生はだんだん憎むようになった。だからあの日、あんなひどいことをしたんですよね？」

雪乃がそう追及すると、有馬はぴくりと右の頰を動かした。

「殺害の時刻、私にはアリバイがあるじゃないですか」

「死体損壊だけなら可能でしょう。あなたは奥さんの携帯電話や手帳などを調べて、飲みに行く予定を把握していた。そして、あとをつけているとき、野茂繁之が貴子さんを殺害する場面を目撃してしまった。もちろんショックを受けたでしょうが、これまでの貴子さんの行動を思い出し、激しい怒りにとらわれた。だから野茂が立ち去ったあと、奥さんの胸を切り裂いたんじゃありませんか？　奥さんを愛しているなんて結局、口先だけのことだった。あなたはそういう人なんでしょう」

「おい、どうなんだ。はっきり答えろ！」黒星は声を荒らげた。

三好班長や捜一の刑事たちも、険しい顔で有馬を見つめる。

有馬は動揺しているようだった。パニック状態に陥ったのか、釈明の言葉も出てこない。

と、そこで比呂美が声を上げた。

「失礼なことを言わないで！　貴子さんはひどい人だったんです。浮気をして、父をないがしろにしたんだから。結婚したのだって、整形や父のお金が目当てで……」

やはりそうか、と黒星は思った。比呂美のこの反応を引き出すために、雪乃はあえて有馬を犯人扱いしたのだ。

「なるほど、比呂美さんはお父さんをかばうんですね」相手の視線を捉えながら、雪乃は言った。「私が予想したとおりの行動です。……ところで比呂美さん、遺体にはナイフで切り裂いた傷のほか、スクリュー型の凶器で刺したような傷が付いていました。一見、複数の凶器のように思われますが、実はひとつの凶器によるものではないか、と私は考えました。

鑑識で調べたところ、あれは『ソムリエナイフ』の傷だと考えて矛盾はない、ということでした。ナイフのほかにコルクを抜くためのスクリュー、瓶の栓抜きなどが付いた、ソムリエ専用の道具です。皮膚を切り裂けるよう、ナイフは念入りに研いでいたのだと考えられます。有馬先生の話では、あなたはソムリエ協会のワイン検定を受けたいと思っていて、ソムリエナイフを持っているということでした。あなたはそれを使って遺体を損壊し、事件現場にカクテルピンを残した。そうですね？」

雪乃が一気にそこまで話すと、比呂美は眉をひそめて尋ねてきた。

「なぜです？　どうして私が、そんなことをしなくちゃいけないんですか？」

「野茂に死体損壊の罪を押しつけるためです。ソムリエナイフやカクテルピンは、バーテンダーである彼を連想させるから警察へのヒントになる。お父さんが警察に疑われないようにするため、あなたは死体損壊の罪まで野茂にかぶせようとしたんです。でも、貴子さんの胸を傷つけた真犯人は比呂美さん、あなたですよね？　事件のあった夜、室内犬が鳴いたのを宥めてから部屋の明かりを消した、ということでした。隣人もそう証言している。でもそれは録音したものをタイマーで流したんじゃありませんか？　部屋の明かりも、自動的に消えるよう細工していたんでしょう」

比呂美は黙り込んでいる。話を聞いていた有馬が、動揺した様子で娘に問いかけた。

「おい……そうなのか？　おまえが貴子の遺体を……」

父の顔をちらりと見たあと、比呂美はゆっくりとうなずいた。有馬は絶句した。

痛みをこらえるような表情で、彼女は話し始めた。

「あの日はバーの定休日だったから、野茂が事件を起こす確率は高いと思っていました。ひそかに彼のあとをつけていくと、予想どおりになったんです。野茂は、貴子が錦糸町のスナックに向かうのを尾行して、ひとけのない道で襲いかかりました。そして、見つけておいた廃屋の庭で殺したんです。貴子が事切れると野茂は逃げ出しました。私は彼をつけていたから、すぐ貴子の遺体に近づいて、胸を切り裂きました。どうしてもそうする必要があったんです。……だってあのまま遺体が司法解剖されたら、GPS発信器が見つかってしまうじゃないですか。そうなれば、父が妻の体に発信器を埋め込んでいたという、とんでもない罪がばれてしまう。これは大きなスキャンダルです。倫理的にも問題があるし、傷害罪などに問われるおそれもある。そうならないよう、私は貴子の胸を切り裂いてGPS発信器を取り出しました。看護師として整形手術を手伝っていたから、発信器がどこに埋め込まれたのか正確に知っていたんです」

信じられないという表情で有馬は娘を見つめた。やがて彼は責めるような口調で言った。

「おまえが野茂とかいう男のあとをつけていたのなら、貴子が襲われたとき、なぜ黙って見ていたんだ。人を呼ぶとか何とか、できたんじゃないのか？」

「お父さん、私、あの女のことが大嫌いだったの」

「……何だと？　だって、ずっと仲よくしていたじゃないか」

「あんなの演技に決まっているでしょう。貴子はさんざんお父さんを馬鹿にして、あちこち遊び歩いて、浮気をした。そんな女を好きになれるわけないじゃない。お父さんだって貴子には腹を立てていたわよね。だからGPS発信器を仕掛けたんでしょう？」

有馬は言葉に詰まったようだ。拳を握り締め、唇を震わせている。

父親から視線を逸らして、比呂美は雪乃のほうを向いた。

「貴子の希望で整形手術をしてあげていたのに、あの女は浮気を繰り返しました。父は悩んでいたけれど、離婚されるのが怖くて強い態度には出られなかった。貴子の行動を把握したいという気持ちが膨らんで、二年前の豊胸手術のとき、GPS発信器を仕掛けたんです。そして、私にはそのことを黙っているよう命じました。私は言うことを聞きました。でもIT企業の社長と別れたあと、貴子は半年ぐらいでまた浮気を始めた」

「相手は飲料メーカーの酒田さんだった……」

「そうです。あの女の身勝手な行動は日増しにひどくなっていきました。父が本当に気の毒だった。貴子なんて母親でも何でもない。ひどい目に遭えばいいのに、と思いました。でも悟られてはいけない。私は気持ちを隠して貴子に話しかけ、慕っているふりをして情報を聞き出していきました。一緒に野茂のバーに行ったのもそのころです。ところがしばらくして、あのバーには気をつけなさい、と貴子が言いました。なぜかと訊くと、貴子は野茂からストーカー行為を受けていることを打ち明けてきました。これだ、と私は思いました」

ここで比呂美は不敵な笑みを浮かべた。黒星は驚いていた。地味でおとなしい印象の比呂美が、そんな表情を見せるとは思わなかったのだ。

「私はひとりでバーに通って、野茂と親しくなりました。彼はこれ幸いと、貴子のことを尋ねてきた。私は酔ったふりをしてそれに答えました。貴子の日常生活とか、夜に出入りしている飲食店のこととか、細かい情報を伝えていった。野茂は私を利用したつもりだったでしょうけど、実際はその逆です。私が野茂をコントロールしていたんです。

やがて貴子が酒田と結婚したがっているとわかって、私は心の底からあの女を軽蔑しました。これまで世話になってきた父への、ひどい裏切りです。絶対に許せない！　あんな女、死ねばいいと思いました。私は計画を練って、貴子にこんなことを吹き込みました。『バーで酒田さんの知り合いと会ったんだけど、酒田さんの好みは女優の大塚美樹なんですって。あの女優さん本当にきれいだよね。あれ？　そういえば貴子さん、ちょっと大塚さんに似てるよね』と。その話を何度も繰り返しました。

それを信じた貴子は父に頼んで、この半年ほどでさらに整形を重ねました。たしかに貴子は美しい顔に変わっていった。結婚を希望していた酒田さんも、貴子が美しくなることに異存はなかったでしょう。でも、私はそこに罠を仕掛けたんです」

「罠だって？」有馬が身じろぎをする。

「大塚美樹のことですね？」雪乃が尋ねた。「事情聴取で野茂はこう言いました。『貴子は手術をして、どんどん俺好みの顔になっていった。それなのに、俺をごみみたいに扱った』と。実は女優の大塚美樹は、酒田さんの好みの人ではなかった。ストーカーである野茂の理想の人だったんです。もともと貴子さんは大塚美樹に少し似ていたから、野茂は彼女に好意を抱いた。そして貴子さんは整形するたび、大塚美樹の顔に近づいていった。つまり彼女は、自分の知らないうちに『ストーカー好みの顔』に変わっていったんです」

それは比呂美の策略だったのだ。野茂は貴子の顔を見るたび、あの女を自分のものにしたいと考えたことだろう。あとをつけ、彼女の情報を探りたいと思ったに違いない。

「よく気がつきましたね」比呂美は少し驚いたようだった。「……そこまで計画を進めれば、あとは野茂を苦しめるだけでした。私は野茂に言いました。『今度母は、父と別れて酒田さんと結婚するみたいですよ。私としては、このまま母に浮気を続けられるより、きちんとしてもらったほうがいいと思っているんです。酒田さんはお金持ちだし、ルックスもいいし、みんなが憧れる人ですからね』と……」

比呂美は野茂を焚きつけたのだ。その話を聞いて、野茂の感情は激変したに違いない。貴子への好意は強い憎しみに変わった。その結果、殺害してしまったわけだ。

「あの日、貴子さんはいつものように飲みに出かけ、最後に錦糸町のスナックに寄る予定だったんだな?」黒星は比呂美を見つめた。「それをあなたは、こっそり野茂に伝えた。バーの定休日だったから野茂は貴子さんを尾行し、その野茂を比呂美さん、あなたが尾行していた。あとは殺人事件が起こるのを待てばよかった……」

「そうですよ、そのとおり。前日の夕方、手術用の装置を故障させたのは私です。メーカーに連絡はしたけれど、正確な状況は伝えなかった。そうやって、深夜まで父が家に戻れないようにしたんです」

比呂美はすべてを認める覚悟らしい。そんな娘を、有馬は信じられないという目で見ている。

「どうして私に相談してくれなかったんだ。なにも、貴子を死なせなくたって……」

「私は、お父さんを裏切ったあの女が憎かったのよ」比呂美は声を強めた。「最初は私も騙されてしまった。お父さんのことを好きになってくれた人だから、任せても大丈夫だと思った。だけど時間が経つうち、あの女は本性をあらわした。許せなかった。お父さんがかわいそうで、見ていられなかったのよ。……ねえお父さん、どうして早く離婚しなかったの？　表面ばかり飾り立てて、薄汚い欲望しか持っていない馬鹿女が、そんなによかったの？」

「いい加減にしろ！」

診察室の中に有馬の声が響いた。その剣幕に圧倒され、比呂美は黙り込んだ。

「おまえにはわからないだろうが、貴子は私の大事な作品だったんだ」有馬は言った。

「あれは、私が手がけたものの中でも最高の出来だった。それを手元に置いて、私はずっと眺めていたかったんだ。それなのに、おまえという奴は……」

感情が高ぶったせいで、有馬はすすり泣きを始めた。周りの目も気にせず、彼は涙を流している。

だがその涙を信じていいのかどうか、黒星にはわからなかった。

7

被疑者の逮捕から三日。今日も外は暑くなりそうだ。

朝の会議で、捜査一課の係長はみなを見回しながら言った。

「野茂繁之、有馬比呂美についてはすでに逮捕、取調べが進んでいる。医師の有馬雄介からは慎重に事情を聞いているが、事件の全体像はほぼわかった。……今回は複雑な事件だったにもかかわらず、早期に被疑者を特定することができた。これは我々捜査一課の指揮のもと、所轄のメンバーが熱心に捜査を行ってくれたからだと考えている。今後も所轄の諸君は捜査一課に協力し、指示に従ってしっかり活動してほしい」

係長の話を聞きながら、黒星はひとり顔をしかめていた。今回金星を挙げたのは黒星と雪乃の所轄コンビだ。だが会議でそのことには一切触れられず、手柄は捜査一課に持っていかれてしまった。どうにも釈然としない気分だ。

会議のあと、黒星は三好班長に話しかけた。

「面白くないですね。俺たちがどんなに頑張っても評価されないなんて」

「そう腐るなよ。あとでしっかり報告しておく。俺に任せておけ」

三好は明るく笑いながら自分の胸を叩いた。ジムで鍛えた大胸筋がぴくりと動く。

班長のうしろ姿を見送ってから、黒星はぼやいた。

「三好さんも、長いものには巻かれろってタイプだからなあ。今回もたぶん口だけだぞ。これから先も俺たちが評価されることなんて、ないんだろうな」

「またネガティブなことを……」隣で雪乃が言った。「黒星さん、そんな顔をしているとツキが逃げますよ」

「どうせ俺はついてないんだ。思い返せば四日前、昼飯をちゃんと食えなかったときから、そんな気はしていた」

「まあ、そう言わないで。気持ちって大事なんですよ。笑うと免疫力が上がるという話もあります。さあ、今日も元気に裏付け捜査に出かけましょう」

雪乃はにっこり笑いかけてくる。

「君は前向きでいいなあ。本当に羨ましい」

軽くため息をついてから、黒星は彼女とともに本所署を出た。

午前中は習志野市へ行き、有馬雄介の自宅周辺で情報を集めた。前妻が亡くなったのは十年前だが、その後、比呂美は家事やクリニックの仕事をして父を支えていたという。

「ふたりはすごく仲がよかったんです。比呂美ちゃんが看護師になったころ、親子で出かけるのを見ましたけど、お父さんにべったりでね。なんだか恋人同士みたいに見えました」

当時を思い出しながら、隣の主婦は言った。

「有馬先生が再婚したのは、今から五年前でしたよね」

「ええ。先生は貴子さんをすごく大事にしているようでした。でも貴子さんは奔放というか、あんな調子でしたから……。そのころから比呂美さんは元気がなくなってね」

比呂美が父親を大事に思っていたことは間違いないだろう。もしかしたらそれは、少し行きすぎた愛情と言えるものだったのかもしれない。だが貴子は、比呂美から父を奪ってしまった。しかもそのあと、父を見下して浮気に走ったのだ。比呂美は貴子を強く憎んだに違いない。

住宅街を歩きながら、黒星は渋い顔をして言った。

「結婚したときには、貴子さんも有馬先生のことを愛していたんじゃないのか？　それなのに、夜の町へ出かけて浮気をして……。いったいどういうことなんだ」

「たぶん貴子さんは、愛されたいという願望がとても強い人だったんですよ。結婚当初は有馬先生を愛していたのかもしれません。でも、彼女はひとりの男性と暮らすことには向いていなかった。貴子さんは願望を満たすため、もっともっと自分を愛してくれる男性を探したんじゃないでしょうか」

ずいぶん自分勝手な話だな、と黒星は思った。腕組みをして首をかしげる。

「納得いかないな。結婚って何なんだ。夫と妻の間には絆があるんじゃないのか？」

そんなふうに黒星がつぶやくと、雪乃は眉を大きく上下させた。

「黒星さん、絆って、もとは動物をつないで拘束する綱のことですよ」

「えっ、そうなのか?」黒星は目を見開いた。「それは……なんというか、夢のない話だな」

「人の心は動物よりずっと複雑です。だから想像もつかないような犯罪が起こるんです」

たしかにそうだ。事件を捜査していて戸惑うのは、こんな理由で他人を傷つけたり殺したりするのか、ということだった。人の心はあまりにも複雑だと感じる。

腕時計をちらりと見たあと、雪乃は顔を上げた。

「そろそろお昼になりますね。今日は冷やし中華にしましょうか」

おや、と黒星は思った。彼女の口からそんな言葉が出るとは予想外だった。

「どうして冷やし中華なんだ?」

「だって黒星さん、この前、食べ損ねたでしょう」

「なんで君が知っている?」

「相棒ですから、それぐらいはね」

捜査中、自分は彼女にその話をしただろうか。記憶をたどってみたが思い出せない。

「さあ、早く行きましょう。冷やし中華が売り切れないうちに」

そう言って、雪乃は駅のほうへと歩きだす。彼女の足取りはやけに軽い。
やれやれ、とつぶやきながら黒星は雪乃のあとを追った。

罪の傷痕

1

部屋の中では気がつかなかったが、外の空気はかなり涼しかった。どこからかキンモクセイの香りが漂ってくる。ついこの間まで暑い暑いと言っていたのに、季節はもう秋だ。黒星達成《くろぼしたつなり》は辺りを見回してから、通りを歩きだした。

黒星は警視庁本所警察署に勤務する刑事だ。今日は非番だから、独身寮の部屋でゆっくり寝ていた。起きたときにはもう昼前で、すっかり腹が減っていた。

昼飯は何にするかな、と考えた。せっかく外食するのだから、できるだけ失敗はしたくない。新しい店に行くのはリスクが高いから、馴染みの店に行くのが安パイだ。

ところが、いつもの洋食屋に行くと、臨時休業の札がかかっていた。

――やっぱり俺はついてない。

大いに落胆させられた。

黒星は自分の名前にコンプレックスを持っている。親は何を思ってこんな名を付けたのか。「黒星を達成する」など、どう考えても不吉すぎるではないか。

この分だと次に行く店も休業ではないか、と不安になった。一度ネガティブな思考に陥ると、何もかもうまくいかないように思われる。

幸いなことに、目的の大衆食堂は通常どおり営業していた。ほっとして暖簾《のれん》をくぐり、店内を見回す。ほぼ満席だったが、奥のほうから声をかけられた。

「黒星さん、ここ空いているよ。一緒に食おうよ」

テーブル席で手を挙げているのは七十代ぐらいの男性だ。平沼《ひらぬま》といって、近くでアパートを経営している人物だった。

「すみません。じゃあ、お言葉に甘えて」

そう言って黒星は椅子に腰掛ける。テーブルを見て、おや、と思った。刺身に海老天、すき焼き定食という豪華なメニューが並んでいたからだ。

「ああ、これ?」平沼は、にっと歯を見せて笑った。「実は一昨日《おとつい》、三人目の孫が生まれてさ。それがまあ、可愛くて可愛くて」

黒星は唐揚げ定食を頼んだ。この店の人気メニューだ。

平沼はしばらく孫の話をしていたが、黒星が食事を終えたところで話題を変えた。

「黒星さん、警察の人だったよね」

声を低めて尋ねてくる。普段は「公務員」だと説明しているのだが、平沼には警察官であることを知られていた。これまで、本所署に出入りするところを何度か見られていたのだ。念のため、ほかの人には話さないよう頼んである。

「何かあったんですか？」

「うちのアパートの船木《ふなき》って人が行方不明になったんだ。内縁の奥さんがいてね、船木さんが二週間も帰ってこないのは初めてなんだって。それに、変な書き置きがあったらしいよ。俺は警察に届けたほうがいいって勧めたんだけど……」

気になる話だった。失踪人捜しは刑事課の仕事ではないが、顔見知りから聞かされたことでもあり、自分が仲立ちをしたほうがいいかもしれない、と思った。

「ちょっと話を聞きましょうか。今からでもいいですか？」

「一緒に行ってくれるの？　助かるよ。今度ビールを奢るからさ」

「いえ、それはけっこうですので」

苦笑いしながら、黒星は財布を取り出した。

黒星たちは階段を使ってアパートの二階に上った。角部屋のドアに《船木伸輔》《高梨真奈美》と書かれた表札が出ている。

急な訪問に驚いたようだが、高梨真奈美《たかなしまなみ》は黒星たちを招き入れてくれた。色白であまり化粧っ気がなく、地味な印象の女性だ。内縁の夫が失踪したせいだろう、疲れた顔をしていた。

挨拶をしたあと、黒星は早速尋ねた。

「状況を詳しく聞かせてもらえますか」

「あ……はい。ここはあの人の部屋なんですが、一年前から一緒に住み始めまして……」

船木は三十六歳、ソフトウエア開発を行う個人事業主だそうだ。

「高梨さん、こないだ見せてもらった書き置き、あるかな」

平沼に促されて、真奈美は便箋を持ってきた。そこにはこう書かれている。

《あいつだけは許さない　命を賭けて計画を実行する　しばらく留守にするが、俺を信じて待っていてほしい》

几帳面できれいな文字だったが、内容はかなり深刻だ。

写真はあるかと訊いてみると、真奈美はアルバムから何枚か持ってきてくれた。船木は神経質そうな男性だった。真奈美とのツーショット写真でも、無理に笑おうとしているように見える。

「真面目そうな方ですね」

「船木は周りに気をつかう人ですから、ストレスで胃が痛いって、よく薬をのんでいました」

「最近、悩んでいる様子はありませんでしたか？」

「仕事が大変だというのは、いつも言っていましたけど……」ここで真奈美はためらう表情になった。「実はあの人、押し入れの段ボール箱にこんなものを隠していたんです」

彼女は布製の手提げ袋を持ってきた。

中を覗いてみて、黒星ははっとした。そこにはハンティングナイフ、ハンマー、ロープ、レインウエアが入っていたのだ。

「船木はいったい何をするつもりなんでしょうか……」

黒星は低い声で唸った。ここにあるのは予備の凶器で、船木はすでにこれらと同等のものを携行しているのではないか。書き置きには「俺を信じて待っていてほしい」とあった。船木は今、何らかの計画を進めているところではないのか。

厄介なことになったな、と思った。非番の日にこんな事件に出くわすとは、まったくついていない——。

だが、唇を震わせる真奈美を見ているうち、考えが変わった。この女性を放っておくわけにはいかないだろう。彼女を助けられるのは自分たち警察官だけなのだ。

ほかに気になるものはないかと尋ねると、真奈美は古い住所録を差し出してきた。船木の高校時代のものらしい。彼は友人が転居するたび情報を更新していたらしく、何人かの住所がボールペンで書き換えられていた。

黒星は共用廊下に出てポケットを探った。携帯電話を取り出し、上司である三好《みよし》班長に架電する。

「どうした。おまえ、休みだよな」三好の声が聞こえた。「仕事が恋しくなったのか？」

今日黒星は休みだが、三好は本所署で仕事をしている。

手短に事情を説明すると、三好もこの状況は危険だと理解してくれたようだった。

「わかった。手がかりになりそうなものを借りてきてくれ。その件、明日から調べよう」

「了解です」

電話を切って、黒星は船木の部屋に戻った。自分たちが捜査に着手することを、真奈美に説明する。

彼女はこくりとうなずき、丁寧に頭を下げた。

2

翌日、いつもより少し早めの午前八時、黒星は本所署へ出勤した。

隣の席にはすでに白石雪乃《しらいしゆきの》がいて、パソコンの画面を睨んでいる。雪乃は今年の四月、刑事課へ異動してきた巡査長だ。歳は黒星の三つ下の三十四歳。化粧は薄めだが肌が白く、黒髪とのコントラストが美しい。

「おはようございます」雪乃は画面から顔を上げて、こちらを向いた。「船木伸輔《しんすけ》さんの件、今日から黒星さんと私で調べるようにと、指示がありました」

「早く見つかるといいんだがな」

そんな話をしているところへ、ちょうど三好班長がやってきた。彼は普段から体を鍛えているそうで、肩の筋肉が大きく膨らんでいる。これには町のチンピラも警戒するに違いない。

「本来なら生活安全課の案件だが、あんな書き置きが出てしまったからな」三好は言った。「ふたりで調べてくれ。ただし、あまり時間はかけられない。効率よくやるんだぞ」

会議があるからと言って、すぐに三好は廊下へ出ていってしまった。

上司のうしろ姿を見送ったあと、黒星は小さくため息をつく。

「そう言われてもなあ。一日や二日で手がかりがつかめるだろうか。もし何もわからなければ、引き受けてきた俺の立場もないし……」

「いつものネガティブ思考が始まりましたね」雪乃がいたずらっぽい目で黒星を見た。

「大丈夫ですよ。黒星さんがついていない分、私がフォローしますから」

「ああ、よろしく頼むよ」

軽く打ち合わせをしたあと、黒星は雪乃とともに本所署を出た。

まずは船木の仕事関係の聞き込みだ。

「船木さんはプログラマーですよね」雪乃の手には船木の顔写真があった。「たしかに、細かいことに気をつかいそうな顔立ちです。優秀な人だったんじゃないでしょうか」

「顔だけで、そこまでわかるのかい？」

「他人に気配りできる人は有能なんですよ。病院のドクターもそうだったし」

雪乃は看護師を辞めて警察に入ったという変わり種だ。病院に勤めていたころは、周りとの関係で苦労したと聞いている。ある意味、人間心理には詳しいのかもしれない。

黒星たちはＪＲで神田《かんだ》に移動した。駅から十分ほど歩くと、雑居ビルの二階にシステム開発会社の看板が見えた。船木はこの会社から仕事を受注していたという。

開発課の課長が話を聞かせてくれた。

「船木さんは仕事が丁寧だったので助かっていましたよ」課長は少し声を低めた。

「……で、あの人に何かあったんですか？」

「いえ、そうじゃないんですが」黒星は首を横に振る。「仕事で何か悩んでいるようなことはなかったかと思いまして」

「悩みは聞いていませんけど……。ああ、そういえば妙なことがありました。一カ月ぐらい前だったかな。探偵を雇ったらいくらかかるんだろう、なんて船木さんが話していたんです」

これは気になる情報だ。だが、船木が何を調べようとしていたかはわからないという。礼を述べて、黒星と雪乃はシステム開発会社を出た。

「実際に探偵を使ったかどうかはわからない」黒星は雪乃に話しかけた。「しかしそこまで考えていたとすると、やっぱり船木さんは何かを計画していたんだろう」

雪乃も顔を曇らせていた。辺りのビルを見上げながら、彼女は言う。

「普段、私たちは事件が起こってから動きます。でも今回は、もしかしたらそれを未然に防げるかもしれません。やり甲斐がある仕事ですね」

そのとおりだ、と黒星は思った。船木が自宅に戻っていないということは、まだ事件を起こしてはいないのだろう。今なら、彼の犯行を阻止できる可能性がある。

「とにかく情報を集めよう」

そう言って、黒星は駅への道を歩きだした。

黒星は昨日、船木の高校時代の住所録を預かっている。船木は友人たちの住所をこまめに書き直していたようだ。だとすると、彼らが何か知っているかもしれない。名簿をもとに、友人たちを訪ねることにした。

佐久田豊雄《さくたとよお》は住所が更新されていた友人のひとりだった。電話をかけると、彼は個人投資家で、今日は自宅にいるという。黒星たちは中野に移動した。

住宅街を歩いていくと、白壁の大きな邸宅があった。玄関脇には立派な車庫も見える。インターホンで来意を伝えると、しばらくして玄関のドアが開かれた。顔を出したのは、顎ひげを生やした男性だ。彼は怪訝そうな表情で頭を下げてきた。

「佐久田です。連絡をもらいましたが、長くなりますかね？」

「ええ、立ち話というわけには……」

一瞬眉をひそめたあと、佐久田は顎をしゃくるような仕草をした。

「どうぞ、入ってください。あまりゆっくりされても困りますけどね」

歓迎はされていないようだな、と黒星は思った。

黒星たちは広いリビングルームに案内された。巨大な液晶テレビ、オーディオセットのほか、小型冷蔵庫などが置いてある。壁際にはパソコンデスクがあった。

「ちょっと待っててもらえますか。適当に座っていてください」

そう言って佐久田はマウスを操作した。五分ほど作業をしたあと、ようやく椅子を回転させてこちらを向いた。

「こういう取引はタイミングが大事なんです。だからなかなか目が離せない。……ええと、それで質問は何です？　早めに片付けてしまいたいんですが」

「高校時代に船木伸輔さんと、つきあいがありましたか？」

「写真部で一緒でしたよ。夏休みにはみんなで合宿に行って、いろんな写真を撮りました」

「親しくされていたわけですね」

「ええ、親しかった時期もありましたけど……。刑事さん、知ってますか？　中学のとき、船木の両親は交通事故で亡くなってるんですよ。だから俺は高校で、あいつのことを気にかけていた。社会人になってからも酒を奢ってやったりしました」

「なるほど、長年の親友ということですか」

「とんでもない」佐久田は苛立つような声を出した。「船木は乱暴な男だったんです。酔うと手がつけられなくなってね。俺にまで殴りかかってきたんで、これ以上はつきあえないなと……。もう十年ぐらい連絡をとっていません」

佐久田は椅子を戻して、またパソコンのモニターに目を向けた。株か先物取引かわからないが、データを見て売買のタイミングを計っているようだ。

彼はサイドテーブルに手を伸ばした。そこにはポットと何枚かの皿、スプーンや箸などが置いてある。紙箱に入っているのは雑炊やスープ、ビーフシチューといったフリーズドライ食品だ。チョコバーや羊羹などもある。

「すぐに食べられて便利なんですよ。こういうものは非常用にもなるし」

黒星の視線に気づいた佐久田はそう言って、チョコバーを齧り始めた。

しばらく粘ってみたが、これ以上の情報はないようだ。捜査協力への礼を述べて、黒星たちは立ち上がった。


佐久田の家を出たとき、携帯電話が振動した。液晶画面を確認してみる。

「三好班長からメールだ」黒星は言った。「昨日、船木さんの所持品を借用したんだが、気になるメモが見つかったそうだ。医療機器メーカーのヤクモの名前が書かれていて、強い筆圧でバツ印が付けられていたらしい」

「ヤクモは体温計や血圧計なんかを作っている会社ですね。私も使ったことがあります」

「バツ印というのが引っかかるな……」

船木はその会社と関係があったのだろうか。黒星はメモ帳に《ヤクモ》と書き付けた。

次に黒星たちは灰谷衛《はいたにまもる》という男性の家に向かった。

灰谷も個人事業主で、宅配会社の下請けとして荷物を配達しているという。仕事の合間に、会って話を聞くことができた。

「船木とはもう三カ月ぐらい会ってませんね」日焼けした顔をこちらに向けて、灰谷は言った。「おとなしい奴だけど、酒を飲むと急に強気になってね。そこが厄介なんだよ

「最近、船木さんから電話があったとか、そういうこととは？」

「一カ月ぐらい前に話しましたよ。……あ、すいません、ちょっと失礼」

彼はポケットから携帯電話を取り出した。それを見て、おや、と黒星は思った。灰谷は白い携帯と銀色の携帯、ふたつを持っていたのだ。鳴っていたのは白いほうだった。

「もしもし、灰谷です。……ああ、お世話になってます。例の荷物ですよね」

しばらく相手と話したあと、彼は電話を切った。

「携帯を二台使っているんですね」黒星は尋ねる。

「ああ、白いのは仕事用、もうひとつは個人用でね」

灰谷は銀色の携帯をちらりと見た。液晶画面に何か表示されていたようだが、彼はすぐポケットにしまい込んだ。

「話は変わりますが、船木さんは探偵を雇おうとしていなかったでしょうか」

「ああ、電話でそんなことを言ってましたね。たぶん、あの件絡みじゃないかなあ」

「あの件というのは？」

「内縁の奥さんがいるでしょう。その人が短大生だったとき、お父さんが亡くなってるんですよ。詳しいことはわからないけど、殺人事件だったそうです」

「えっ。本当ですか？」

まったく予想外の話だった。隣で雪乃も眉をひそめている。

灰谷と別れてから、黒星は三好班長に電話をかけた。過去のデータを調べてくれるよう頼んでみたところ、驚くべきことがわかった。高梨真奈美の父は十年前、何者かに殺害されていたのだ。自宅から多額の現金も奪われたという。

これは何かありそうだ。黒星は腕組みをして、ひとり考え込んだ。

3

昨日と同じ部屋で、黒星たちは真奈美と向き合った。お茶を淹れるというのを断って、黒星は彼女に尋ねた。

「高梨さん、嫌な思い出かもしれませんが、聞かせてください。あなたはお父さんを亡くしていますよね、十年前の事件で」

真奈美の顔色が変わった。

「すみません。隠していたわけじゃないんですが、船木の失踪とは関係ないと思って……」

「何がどう関わっているかわかりません。詳しく聞かせてもらえませんか」

黒星が促すと、真奈美はぽつりぽつりと話しだした。

「父は高梨耕作《こうさく》といって会社の社長だったんですが、三鷹《みたか》にあった自宅で刺されました。会社から帰ってきたとき、犯人と鉢合わせしたらしくて……。そのとき母はもう病気で亡くなっていました。私はその日、友達の家に泊まりに行っていたから、事件に巻き込まれずに済みました。本当に偶然だったんですが」

「お父さんは犯人に抵抗したらしいですね」

三好班長からそういう情報があった。

「はい。父はお腹を刺されたあと、自分の部屋に逃げ込みました。狩猟用の散弾銃を持っていたので、痛みをこらえて撃ったようです。近所の人が通報してくれたんですけど、警察が着いたときには犯人は逃げたあとでした。私が駆けつける前に、父は病院で亡くなりました」

当時のことを思い出したのだろう、真奈美は表情を曇らせた。

警察は捜査本部を設置したが、犯人の手がかりは得られなかった。結局、迷宮入りになってしまったという。

「ちなみに、お父さんが経営していたのはどんな会社だったんですか？」

「医療機器メーカーのヤクモっていうんですが……」

「ヤクモですか！」

黒星は雪乃の顔をちらりと見た。彼女も驚いているようだ。

「父が若いころに創業した会社です」真奈美は言った。「父は自宅の金庫にかなりの現金を保管していましたが、警察が来たときには、すべてなくなっていたそうです」

黒星はひとり考え込む。ヤクモといえば船木のメモに残されていた社名だ。

父親の記憶が呼び水になったのか、真奈美はその後の出来事を話しだした。

「父が亡くなった直後、私は呆然としてしまって……。そのうち会社の人たちが来て、厳しい口調で言いました。私の家に保管されていた現金は会社のもので、父には横領の疑いがある、と。私にはとても対応できませんでした。だから親族のアドバイスを受けて、遺産の相続を放棄したんです」

なるほど、と黒星は納得した。そういう事情で、彼女は船木とともに質素な暮らしをしていたのだ。

「なんとか短大にも戻れたんですが、生活が落ち着いたころ、ふっと穴に落ちたような気分になったんですよね。それ以来、私は心のバランスを崩してしまいました。鬱状態になって、学校にも行けなくなって……。そんなとき支えてくれたのが、あの人でした」

「もともと船木さんとは、どんなふうに知り合ったんですか?」

「生前、父は交通遺児基金を作っていたんです。船木は事故で両親を亡くして、基金からお金を受け取っていました。プログラムの仕事を始めてからは、ボランティアで基金の運営を手伝ってくれていたんです。その関係で、父や私と親しくなりました」

彼女にとって、船木は唯一頼れる人だったのだろう。

「あの人のおかげで、鬱状態もだんだんよくなっていきました」真奈美は続けた。「私は短大を卒業して、教材販売会社に就職することができました。そのあとも交際を続けて、去年、一緒に暮らすようになったんです」

事件から九年経って、ようやくふたりはゴールインしたということだ。ただ、ひとつ気になることがあった。

「結婚はいつごろのご予定なんですか?」

「それは……」少し考えてから真奈美は答えた。「わかりません。船木は籍を入れたくないみたいで……。理由を訊いても、教えてくれないんです」

船木は今までずっと真奈美を気にかけ、生活の支援をしたり、精神的な支えになったりしてきたはずだ。それなのに入籍しないのはなぜなのだろう。

真奈美に暇《いとま》を告げてアパートの階段を下りていく。黒星は雪乃に話しかけた。

「一緒に暮らすのなら、男としてけじめをつけるべきだと思うんだけどな」

「けじめのことはよくわかりませんが、ふたりの馴れ初めが聞けたのは収穫でしたね」

「もしかしたら……」黒星は声を低めた。「船木さんは十年前の事件を調べていたんじゃないだろうか。犯人が見つかったから、そいつを狙っているんじゃないか?」

その犯人は真奈美を苦しめたのだから、内縁の夫である船木にとっても憎むべき相手だろう。また船木自身も、交通遺児基金の件で高梨耕作に恩を感じていたに違いない。

雪乃は階段の下でふと足を止めた。細い指を顎に当て、じっと考え込む。

「黒星さんの言うとおり、動機はありそうですね。……そうなると、船木さんがメモしていた医療機器メーカー、ヤクモのことが気になります。一度話を聞いてみませんか」

黒星にも異存はなかった。今は情報収集が大切なときだ。携帯でネット検索し、所在地を調べてみる。本社は飯田橋《いいだばし》にあることがわかった。

黒星たちは再び駅に向かった。


株式会社ヤクモの本社は、インテリジェントビルの中にあるという。

巨大なビルを見上げながら、黒星は言った。

「調べてみたんだが、高梨さんが亡くなったあと、副社長の早坂清二郎《はやさかせいじろう》という人が社長になっているんだよな」

受付で警察手帳を呈示した結果、総務部の部長と面会できることになった。

応接室に入ってきたのは、いかつい顔をした五十歳前後の男性だ。

「ご用というのは何です？」部長は硬い表情で黒星たちを見た。

「十年前、社長の高梨さんが殺害された事件はご存じですか？」雪乃が尋ねる。

「ええ、痛ましい出来事でした。あのころ私は商品企画部にいましてね。点滴の輸液バッグなどを担当していました。まあその事業からは、のちに撤退したんですが……」

「高梨さんに横領の疑いがかかっていたそうですが、それは事実だったんでしょうか」

そう問われて、部長はわずかに身じろぎした。少し考えてから彼は答える。

「私はその件に関わっていませんので、なんとも……」

「大きな会社ですから、経理部もしっかりチェックしていたと思うんですが」

「ええ、それはもちろんです」

「横領の件を、警察には届けたんですか?」

「……高梨社長は亡くなっていましたからね。事を荒立てないほうがいい、ということになったのかもしれません」

「でも、額がかなり大きかったのでは?」

「残された娘さんのことを思って、届けなかったんじゃないでしょうか。私にはよくわかりませんが」

質問を重ねたが、これといった情報は出てこない。そのうち、もう会議の時間だからと言って、部長は腰を上げた。黒星たちは引き揚げざるを得なかった。

「会社から情報を得るのは難しいかもな」黒星は雪乃の顔をちらりと見た。「仮に十年前に何かまずいことがあったとしても、自分の会社のことだからみんな黙っているだろうし」

「そうですねえ……」

ふたりで相談して、別の角度から捜査を行うことにした。ヤクモを退職した人を捜し出して、話を聞こうという考えだ。

かなり苦戦したが、数時間後、種山《たねやま》という人物と会うことができた。

種山はでっぷり太った三十代半ばの男性だった。話をする代わりにカフェで飯を奢ってくれという。種山はふたり分ぐらいの料理を注文して、がつがつ食べ始めた。

「ええと……種山さんは五年前にヤクモを退職したんですよね？」

「あんな会社、辞めてよかったですよ。せいせいした」

「ネットにヤクモの不祥事のことを書いていましたよね。十年前の社長交代について」

「うん、ぼかして書いたけど、あれは事実ですよ。創業社長の高梨さんはワンマンで、周りの意見を聞かない人でした。高梨さんは船木という若い男を気に入って、ヤクモに入社させようとしたんです。いずれ娘と結婚させて、社長を継がせるつもりだったみたいでね」

黒星ははっとした。こんなところで船木の名が出てくるとは――。しかし腑に落ちる部分もある。高梨は交通遺児基金の件で、船木と繋がりがあったのだ。

「でも十年前に高梨さんが殺されて、その話は立ち消えになりました。あの犯人って、まだ捕まってませんよね。いったい、どこにいるんだろうなあ」

そうつぶやいたあと、種山はウエイトレスを呼んでデザートを二品注文した。

黒星は雪乃と顔を見合わせる。それから、過去の事件について考えを巡らした。


黒星たちはさらに聞き込みを続けた。

ボランティアで交通遺児基金に関わっていた船木の知人が、気になることを教えてくれた。

「船木さん、体の具合が悪かったみたいですよ。奥さんにも話していないようでした。しばらく我慢していたんだけど調子が悪いんで、二カ月前かな、診察を受けに行ったんです。小さなクリニックだったとか」

「名前はわかりますか？」

「西島《にしじま》クリニック……いや、西島外科クリニックだったかな。僕の親戚と同じ名前だったんで、たまたま覚えていたんですけど」

そういえば、船木はよく胃薬をのんでいた、と真奈美が話していた。ストレスのせいで胃弱なのかと思っていたが、そういう話ではないのかもしれない。

証言者と別れたあと、ネットで西島外科クリニックを検索してみた。場所は新小岩だ。

至急その医師から話を聞かなければ、と黒星は思った。

4

新小岩駅から徒歩五分。住宅街の一角にそのクリニックはあった。

待合室に患者の姿はない。受付で女性看護師に声をかけると、五分ほどで黒星たちは診察室に案内された。

「警察の方が、どんなご用です？」

西島栄太《えいた》医師は五十代半ばと見える、白髪頭の男性だった。黒縁眼鏡をかけ、怪訝そうな表情を浮かべている。

「船木伸輔さんが受診していましたよね。どんな症状だったか教えていただけませんか」

「患者さんの個人的な情報ですから、簡単にお話しするわけには……」

「我々は今、船木さんを捜しています」黒星は真顔になって相手を見つめた。

西島は目を逸らし、机のほうを向いてしまった。今、机の上にはパソコン、書きかけの書類、X線写真の読影マニュアルなどがある。いかにも仕事が忙しい、という雰囲気だ。

「船木さんは行方をくらましているんです」黒星は続けた。「先生、彼についてご存じのことを教えてください」

西島はためらう様子だったが、わざとらしく咳払いをした。

「船木さんには、風邪の症状がありましてね」

「胃薬をのんでいたという情報もあるんですが」

「ああ、まあ、そういう症状もね……」

「妙な話じゃありませんか」黒星は少し声を強めた。「ここは外科クリニックでしょう。風邪をひいたのなら内科に行くのが普通ですよね」

「それは船木さんに言ってください。私は医師として、できることをしただけです」

不機嫌そうな顔で西島は腕組みをする。これ以上追及するのは難しいだろうか。それとも、もう少し問い詰めるべきか――。黒星が迷っていると、横にいた雪乃が口を開いた。

「先生、失礼ですが、消化器の悪性腫瘍はあまりご経験がないんじゃありませんか？」

「え？」西島はまばたきをしてから眉をひそめた。「あなた、いったい何を……」

「そこにあるのは消化器のX線読影マニュアルですよね。それも、ごく最近発売されたものです。必要に迫られて入手したのでは？」

「医者だって勉強しているんですよ。常に新しい情報を知っておく必要がある」

「では、もうひとつ聞かせてください。それは紹介状の封筒ですよね。患者をほかの病院へ行かせるための」

慌てた様子で、西島は右手を封筒の上に置く。

雪乃はゆっくりと、相手を諭すような調子で言った。

「船木さんは、何か事件を起こそうとしている可能性があります。西島先生、正直に話してくださらないと、あなたも犯行に協力したことになりますよ？」

その言葉を聞いて、西島の表情が変わった。何かひどく苦いものを口にした、といった顔だ。彼はじっと考え込んでいたが、じきに深いため息をついた。

「……船木さんはおそらく胃癌です。かなり進行してしまった状態だと思われます。私は大きな病院に行くことを勧めました。船木さんは気が向かないようでしたが、とにかく急いだほうがいい。だから私は紹介状を書いていたんです」

「船木さんがここを受診したのはいつですか」

「最後に来たのは二週間前です。あとで紹介状を取りに来るようにと伝えたんですが……」

癌の話を聞いて、船木は何かを決意したのではないか。そう考えるのが一番しっくりくる。

「先生、なぜ最初からそれを話してくれなかったんですか」雪乃が硬い声で言った。

「医師の立場は私もよく理解しているつもりです。でも黙っていることで、あらたな犯罪が起こってしまう可能性もあるんですよ」

はるか年下の雪乃に責められて、西島はむっとした表情になった。

「あなたにそんなことを言われる筋合いはないよ」

「でも、癌を宣告されたときの船木さんは普通ではなかったはずです。追い詰められて、何かをやってやるという顔つきに変わるのを、先生は見ていたんじゃないですか？　それを放っておくなんて、医師として無責任じゃありませんか」

「失礼だな、君は！」

西島は腰を浮かせて怒鳴った。怒りのせいで顔が強張っているのがわかる。さすがにまずいと感じて、黒星は割って入った。

「先生、落ち着いてください。……白石も、そんなふうに言うもんじゃない」

たしなめられて雪乃は唇を噛んだ。しばらく感情を抑える様子だったが、やがてぎこちなく頭を下げた。

「すみません。お詫びします」

「まあ、こちらも感情的になって悪かったと思います」西島は低い声で言った。「船木さんは、私の遠い親戚なんですよ。だから以前から、ずっと気にかけていてね」

「なるほど」黒星はうなずいた。「だったらよけいに船木さんのことが心配でしょう。あの人をこのままにしておくわけにはいきません。……先生、何か思い出したことがあったら電話をいただけますか？　船木さんから連絡があったときも、すぐに教えてください」

黒星が差し出した電話番号のメモを、西島は受け取った。それから軽く息をついた。

「人にはいろいろ事情というものがあるんですよ。たぶん船木さんにもね」

メモを丁寧に畳んで、西島は白衣のポケットにしまい込んだ。


クリニックを出て、黒星たちは住宅街を歩きだした。

「病気を悲観して、自暴自棄になっているんじゃないだろうか」黒星は言った。

「……そうですね」

「ただ、わからないことがある。船木さんはなぜそんなに悪くなるまで病院に行かなかったんだろう。真奈美さんの話によれば、胃が悪いという自覚はあったらしいのに」

「……ええ、そうですね」

雪乃は気のない返事を繰り返している。妙だな、と黒星は思った。

「どうした？　体調でも悪いのか」

「あ、いえ、大丈夫です」

そう答えたものの、彼女は思い詰めたような表情をしている。

――もしかして、看護師をやっていたころに……。

医師や同僚の看護師、あるいは患者との間に何かあったのだろうか。それとも、個人的な事情で思い出したくないことでもあるのか。

訊いてみたかったが、雪乃の顔を見てしまうと切り出すことができなかった。

5

翌日、水曜——。そろそろ何か手がかりを見つけなければ、という焦りが出てきた。

黒星は今日も雪乃とともに、町へ聞き込みに出かけた。船木の関係者リストを見ながら、情報収集を続ける。

「おとなしい人だったんだろうな」黒星は船木の顔写真を見ながらつぶやいた。「そんな人が事件を起こすとしたら、過去によほどのことがあったんだろう」

「でも……よほどのことがあったとしても、犯罪は許されません。そうですよね？」

「君の言うとおりだ」黒星は雪乃に目を向けた。「俺たちは、彼が罪を犯す前に止めなくてはいけない」

この日、三番目に聞き込みをした人物から、興味深い情報が得られた。その男性は船木の中学時代の友人で、一週間前たまたま町で出会ったという。

「いったい、どこで会ったんですか？」

「銀座のフォトギャラリーです。中学のころ写真クラブに入っていて、あいつとよく写真展に出かけたんですよ。それでね、一週間前、ある写真家の個展を見にいったら、船木がいて驚いたんです」

「何か話しましたか？」

「せっかくだから飲みに行こうと誘ったんですが、船木は忙しいみたいでした。じゃあ来週の水曜あたりどうだと訊いたら、あいつはこう言ったんです。『水曜の午後、大事な用事がある』って。『木曜以降はどうなるかわからない』とも話していました。なんだか険しい顔をしていたから、どうしたんだろうと思ったんですが……」

まずいな、と黒星は思った。今日はその水曜日だ。今日の午後、船木は何か事件を起こすつもりではないのか。

雪乃とふたりで銀座のフォトギャラリーに行ってみたが、特に情報はつかめなかった。

みゆき通りを歩きながら、黒星は雪乃に話しかける。

「船木さんは一週間前から、今日何かを起こすと決めていた可能性があるな」

「問題は、誰がターゲットかということですが……」雪乃は腕時計を見た。「今、お昼前ですね。あまり時間がありません。闇雲に動き回らずに、一度情報を整理してみませんか」

急がば回れということだろう。彼女の提案を受けて、黒星は本所署に戻ることにした。

船木宅から借用してきたアルバム、ノート、メモなどを机の上に広げる。黒星と雪乃は、手分けしてそれらをチェックし始めた。

「お？　白黒コンビ、戻ってたのか」三好班長が声をかけてきた。「その資料なら若いのに調べさせたって、言わなかったっけ？」

「念のため、自分たちの手で調べておきたくて……」黒星は答える。

「しかし、さっきの報告では、今日の午後に何かあるかもしれないんだろう？」

「焦っているときこそ、初心に返るべきだと思うんです」ノートのページをめくりながら、雪乃が言った。「今、私たちに必要なのは、正確な情報とひらめきです」

それから約一時間、黒星たちは借用品の調査を続けた。

途中、肩が凝ってきたので黒星は大きく伸びをした。コーヒーでも買ってこようと思ったそのとき――。

「見てください！」雪乃が興奮した口調で言った。

彼女は一冊の雑誌を手にしている。船木が何度も読んだ部分なのだろう、癖がついて、あるページが開きやすくなっていた。

「ほら、見覚えありませんか」

「これは、もしかして……」黒星は写真を見つめた。「そういうことか！」

その写真こそが最大の手がかりだった。おそらく船木は、これを見て今回の計画を立てたのだろう。

「だとすると、船木さんが用意していた凶器のこともわかります。あの凶器の意味は……」

彼女の説明を聞いて、黒星は大きくうなずいた。それが事実だという確証はない。だが、可能性は充分ありそうだ。

雪乃は携帯を取り出し、電話をかけ始めた。真剣な表情で、彼女は相手とやりとりしている。十分ほどのち、ある証言が得られたようだった。

「船木さん——いいえ、船木伸輔のターゲットはあの人だと思います」

「わかった。白石を信じよう」

三好班長に報告してから、黒星たちは急いで鞄を手に取り、本所署を出た。

タクシーを降りると、住宅街を走って目的の家に到着した。

チャイムを鳴らそうとしたとき、屋内から何かが割れる音が聞こえた。続いて、重いものが倒れる音。

「まずいですよ。船木はもう、中にいるのでは……」

「事件が発生している可能性が高い。令状はないが、突入するぞ！」

手袋を嵌め、黒星は特殊警棒を右手に握った。玄関のドアに手をかけてみたが、施錠されていて開かない。雪乃に目配せして建物の裏に回った。ピッキングで開錠したのだろう、勝手口のドアが開いている。

勝手口から台所に入り、足音を立てないよう廊下を進んでいった。ある部屋の前で、黒星は耳を澄ます。突然、怒鳴り声が響いた。続いて、何かが床を転がるような音がした。

呼吸を整え、黒星は部屋に踏み込んでいく。そこで、はっと息を呑んだ。

うつぶせになって床に倒れている人物。その上に馬乗りになっている男。男の手には、血まみれのハンティングナイフがあった。

「おい、武器を捨てろ！」

馬乗りになっていたのは船木伸輔だった。振り返った彼の顔に、驚きの色が浮かぶ。

そして床に倒れている人物。それは個人投資家の佐久田豊雄だった。

「船木、ナイフを捨ててその人から離れろ。早く！」

「邪魔するな！　俺はこいつを殺さなくちゃいけないんだ」

初めて聞く船木の声には、悲痛な響きがあった。

「もういい、やめるんだ船木。おまえがどんな思いをしてきたか、俺が聞いてやる」

「あんたは誰だ。くそ、俺のことなんか何も知らないくせに！」

船木は怒鳴った。それから佐久田を見下ろし、再び刃を振り下ろそうとする。

「やめろ！」

黒星がそう叫んだときだった。船木は急に顔を歪め、左手で自分の腹を押さえた。荒い呼吸をしたかと思うと、ナイフを取り落とし、そのまま床に倒れてしまった。

「どうした、船木」駆け寄って黒星は声をかける。

船木は目を固く閉じていて、こちらの問いには応じない。額に脂汗が滲んでいた。

黒星が戸惑っていると、雪乃がそばにしゃがみ込んだ。元看護師の彼女は、慣れた手つきで船木の状態を確認していく。

「外傷はありません。胃のせいかも」

続いて、彼女は血だらけの佐久田を介抱し始めた。腹部に二カ所、刺創がある。普段から持ち歩いているのだろう、雪乃はバッグからガーゼや包帯などを出して、腹部の傷を手当てした。

「傷は深くないようです。黒星さん、救急車を！」

「わかった」

黒星は携帯電話で一一九番に通報した。それから船木の背中をさすってやった。

雪乃の推理によって、黒星たちはこの場に駆けつけることができた。

直接のきっかけとなったのは船木が持っていた雑誌だ。アウトドア関係の専門誌で、一般読者が参加したイベントの記事が載っていた。そこに掲載された写真の中に、佐久田豊雄が写っていたのだ。船木はその記事を手がかりにして佐久田の居場所を突き止めたのだろう、と雪乃は考えた。

一方、アウトドア関係といえば、黒星たちは佐久田の家でいくつかの品を目撃している。フリーズドライ食品は軽いので持ち運びに便利だし、チョコバーや羊羹はエネルギーを補給するための「行動食」として使われる。いずれもアウトドアで利用されるものだった。そこから雪乃は推測した。佐久田にはアウトドアの趣味があったのではないか、と。

船木は佐久田に何らかの恨みを抱いていたのだろう。彼は佐久田のことを調べ上げ、いつか出会えないかと、アウトドアショップに出入りしていたのではないか。もし見つけたら、佐久田が好むアウトドアグッズで襲撃してやろう、それが意趣返しになる、と考えたのではないだろうか。だから船木はハンティングナイフやハンマー、ロープ、レインウエアなどを、アウトドアショップで買い揃えていたのだ。

黒星は携帯電話を取り出して、三好班長に連絡をとった。手短に現在の状況を説明する。

「このあと、ふたりを救急車に乗せます。病院が決まったら、また連絡しますので」

三好にそう伝えて、黒星は電話を切った。船木も佐久田も腹部を押さえて呻いている。雪乃は真剣な表情でふたりを見守っている。

遠くから救急車のサイレンが聞こえてきた。

6

船木と佐久田は、二台の救急車で病院に搬送された。

黒星たちは気を揉みながら、廊下のベンチに腰掛けていた。せっかく事件現場に駆けつけることができたのに、これで佐久田が死亡してしまったら——。そう考えると、どうにも落ち着かない。

出入り口のほうから、ふたりの人物がやってきた。ひとりは筋肉質の体にスーツを着込んだ三好班長。もうひとりは船木の内縁の妻・高梨真奈美だ。

呼吸を整えながら三好が言った。

「すまん、遅くなった」

「あの人の具合はどうですか」不安げな顔で真奈美が尋ねてくる。

「治療をしてもらっているところです。……ああ、ちょうど先生が出てきました」

処置室から医師が出てくるのが見えた。会釈をしたあと、医師は黒星たちに言った。

「今、手分けしてふたりの患者さんの処置をしています。腹部を刺された佐久田さんは、幸い臓器にはあまり損傷がありません。問題は船木さんのほうですが……」

「実は船木さんは胃癌らしくて」黒星は小声で言う。

「……胃癌？」真奈美が身じろぎをした。

そうか、と黒星は思った。やはり彼女はそのことを知らなかったのだ。ここでいきなり聞かせたのはまずかっただろうか。

「ええ、腫瘍があるようですね」医師はうなずいた。「ただ、ほかにも驚いたことがあります。X線写真で、腹部に異物がふたつ見えるんですよ。小さな金属ではないかと……」

何なのだろう。黒星は雪乃と顔を見合わせる。

雪乃はしばらく考えていたが、何かに気づいたのか、目を大きく見開いた。

「先生、それは散弾じゃありませんか？」

「その可能性が高いと思います」

「やっぱり……。だったら、あの人に確認しないと」

雪乃は出入り口の近くに移動して、携帯電話を取り出した。誰かと通話し始めたが、彼女の言葉には相手を追及するような刺々しさがある。そのうち、こんな声が聞こえた。

「大事なことをなぜ隠していたんです？　医師として無責任じゃないですか！」

黒星は驚いて雪乃を見つめた。いつになく険しい表情で、彼女は携帯を握り締めている。

雪乃がこちらへ戻ってくるのを待ってから、黒星は尋ねた。

「もしかして、電話の相手は西島先生か？」

「そのとおりです」雪乃は渋い顔をしている。

救急科の医師は様子をうかがっていたが、気を取り直したという調子で言った。

「船木さんのほうですが、とりあえず緊急の処置は終わっています。癌や異物については、後日あらためて治療方針を決める必要がありますが……。今、お会いになりますか？」

「ええ、ぜひ」黒星は真奈美のほうを向いた。「船木さんに真相を語ってもらいましょう」

黒星たち四人は、医師のあとに続いて処置室に向かった。

船木はベッドの上でうとうとしているようだった。だが黒星たちの気配に気づいて、ゆっくりと目を開けた。

まさか真奈美が来ているとは思わなかったのだろう、彼は驚きの表情を浮かべた。

「どうして、ここに……」

「刑事さんに連れてきてもらったのよ」真奈美は言った。「大丈夫？　痛むの？」

船木は自分の腹に左手を当てた。感触をたしかめるように、何度かさすっている。

「警視庁の白石です」雪乃はベッドサイドに立って、船木に話しかけた。「十年前の事件で、あなたは佐久田さんと一緒に、高梨耕作さんを襲いましたね?」

船木は何か言おうとしたが、その言葉を呑み込んでしまったようだ。

仕方ない、という様子で雪乃は再び口を開いた。

「では私の推測を話します。十年前の強盗殺人事件のとき、高梨耕作さんは散弾銃を撃ちました。そのとき銃弾を受けたのはあなただった。そうですね?」

「え……」真奈美は絶句してから、絞り出すように尋ねた。「なぜ、あなたが……」

「先ほど西島という医師が告白しました。船木さんはX線検査などで散弾が発見されるのを恐れて、ずっと病院に行くのを避けていたそうです。しかし胃の痛みがひどくなって我慢できず、親戚の西島医師を訪ねた。胃癌を見つけたとき、西島さんは当然、散弾にも気づきました。でも、黙っていてほしいと船木さんに頼まれた。大きな病院で胃癌の治療を受けるべきだと、西島医師は勧めたそうです。ところが、船木さんは行方をくらましてしまった……」

よその病院でその弾丸が見つかれば、事件に関わっていることが知られてしまう。警察に通報されないよう、船木は胃の痛みをこらえていたのだ。

「どうですか、船木さん」

雪乃に問われ、船木は舌の先で唇を湿らせた。ためらう様子だったが、もう隠せないと思ったのだろう、小声で話し始めた。

「働き始めてからも、俺は佐久田とよく会っていました。でも昔のように話せる雰囲気じゃなかった。俺は佐久田に借金があって、いろんなことを命令されていたんです。あるとき、盗みを手伝うよう強要されました。嫌だと言ったんですが、凄まれて断れなかった。盗みだけならいいだろう、ばれなければ大丈夫だ、と自分に言い聞かせました。ところが現地に行ってみると、俺が世話になっている高梨さんの家だったんです。まずい、と思いました。俺は佐久田と飲んでいるとき、高梨さんが会社の社長だということを、話してしまっていました。奴はそれを覚えていたんでしょう。……俺はやめさせようとしました。でも佐久田は突っぱねた。高梨耕作は今夜、遅くまで帰ってこないことがわかっている。それに、娘は友達の家に泊まっているんだ、と言って」

船木は苦しそうな顔をした。当時を思い出し、自分の行動を悔いているのだろう。

「盗みに入ったあなたたちは、高梨さんと会ってしまった……」

雪乃が言うと、船木は小さくうなずいた。

「高梨さんが予定より早く帰ってきたんです。俺たちは顔を隠していたから、正体はばれていない。そのまま逃げるべきでした。でも興奮した佐久田は、高梨さんをナイフで刺してしまった。高梨さんは自分の部屋へ逃げ込み、鍵をかけました。佐久田は苦労の末、ドアを蹴破った。すると高梨さんが猟銃を手にしていたんです。ひどい怪我をしているのに、あの人は銃をかまえ、発砲しました」

「それがあなたに当たったんですね？」

「ええ。一分か二分、俺は気絶していたと思います。目を覚ましたとき、高梨さんは死んでいました。佐久田を捜したけれど、もういませんでした。俺は傷の痛みをこらえて逃げ出したんです」

「……まさかあなたが、あの事件に関わっていたなんて」

信じられないというように、真奈美は首を振っている。船木はどう応えたらいいかわからない、という表情だ。

彼は真奈美から視線を逸らして、話を続けた。

「傷が治ってから、俺は必死に佐久田を捜しました。でも佐久田は引っ越して、知り合いとも連絡を絶っていました。……そうなると、今度は被害者の遺族が気になりました。俺は真奈美の動向を探った。もともと面識があったので真奈美の面倒を見るようになり、信頼を得ました。自分は高梨さんの死に関わっているから、本当に申し訳ないという気持ちがあったんですが……」

「ただ申し訳ない、と……。それだけだったんですか？」

雪乃は眉をひそめて訊いた。胃が痛むのか船木は顔をしかめたが、じきにこう答えた。

「いや……すみません。俺は真奈美に惹かれていました。でもその一方で、あの罪をずっと悔いていたんです。夜、寝ていても高梨さんの夢を見てうなされました。今でもあの人の死に顔が頭に浮かんで、呼吸が苦しくなります。だから一緒に暮らすようになってからも、彼女と入籍はできない、自分にそんな資格はない、と思いました。俺が高梨さんの死に関わっていると知ったら、真奈美は絶対に許してくれないでしょう。でも……そうだとわかっていても、俺は真奈美から離れることができなかったんです」

真奈美は船木をじっと見つめている。今、彼女はどんな気分で話を聞いているのだろう、と黒星は考えた。心中を察するに余りある状況だ。

「今年の一月になって、俺は体調を崩しました」船木は続けた。「我慢していたんですが、症状がつらいので二カ月前、西島先生を頼りました。その結果、かなり進行してしまった胃癌が見つかった。そのとき頭に浮かんだのは、十年前のバチが当たったのだ、ということでした。……でもそのころ、思わぬ幸運もありました。アウトドア雑誌で佐久田を見つけたんです」

「その雑誌、私たちも見ました」雪乃が言った。

「高校のときは写真部だったから、よく撮影旅行に出かけていました。その関係で俺も佐久田もアウトドアに興味があったんです。……あの事件のあと、隠れている佐久田もいつかは油断して姿を現すんじゃないかと思っていました。だから俺は、アウトドア関係で網を張っていた。雑誌やケーブルテレビの番組、製品発表イベント……。そういうものに、ずっと目を光らせていました。そしてとうとう、雑誌で奴を見つけたんです」

黒星はそのページを思い出した。載っていたのは座談会の記事で、佐久田は「Sさん」とされていたが、写真を見れば本人だとわかる。記事では彼のキャンピングカーが紹介されていた。「中野駅の近くにある自宅から三時間弱で、那須高原のキャンプ場に行ける」と彼は発言していた。

その情報とキャンピングカーの特徴などから、船木は懸命に佐久田を捜したのだろう。表立った行動は控えていたはずだから、居場所を特定するのは相当難しかったはずだ。だが船木の執念が、それを可能にしたのだ。

「佐久田はかなり羽振りがいいとわかりました。奪った金を使って投資を始めていたんです。俺は佐久田を憎みました。あいつは人を殺したあと、仲間を見捨てて逃げた男です。許せない、と思いました。佐久田から金を奪って殺してやる、と俺は決めた。……奴はときどきSNSに、株で儲けた話を自慢げに書いていました。それで、今日の午後まとまった金が預金口座に入ることがわかっていたんです。奴を脅して、その金を俺の口座に振り込ませようと考えました。真奈美に金を残してやりたかったからです。そのあと佐久田を殺すつもりでした」

「殺したあと、あなたはどうしようと思っていたんだ?」

黒星が尋ねると、船木は口ごもった。彼は宙に視線をさまよわせながら、消え入りそうな声で答えた。

「わかりません。すべて片づいてから、あらためて考えるつもりでした。一度だけ真奈美のところに戻ろうか、それとも、よけいなことはせず、消えてしまったほうがいいのか……」

「船木さん、それは無責任というものじゃありませんか？」

そう言ったのは雪乃だった。彼女はベッドの上の船木を見下ろす。

「あまりにも身勝手です。あなたは真奈美さんの気持ちを考えたことがあるんですか？」

「俺にそんなことを考える資格はありません。彼女にとって、俺という存在そのものが災いだったんですよ。いないほうがよかったんだ」

「ちょっと待って！」

真奈美が大きな声を出した。彼女は目にうっすらと涙を浮かべている。だがその表情に悲しみの色はない。そうではなく、彼女は憤っているようだった。

「ひとりで感傷に浸って、いい気分になって、それで終わらせるつもり？　自分は純真無垢だとでも言うの？　あなたは今までずっと私を騙してきた。親切なふりをして私を監視していた。そのことをどう思っているの？」

「……すまない。謝るよ」

ため息混じりに船木は言う。だが、真奈美は険しい表情で彼を睨みつけた。

「あなたはひどいことをした。きちんと責任をとってよ。私を放り出していくなんて許せない。そんなこと、絶対に許したくない」

船木は黙り込んでしまった。真奈美は唇を震わせながら、船木を凝視している。

こちらに向かって、三好が目配せするのが見えた。三好は真奈美を促して廊下へ向かう。黒星と雪乃もベッドから離れた。

最後に黒星が振り返ったとき、船木は唇を嚙みしめていた。

7

翌朝、出勤した黒星は隣の席を見て、おや、と思った。

普段なら自分より早く来ているはずの雪乃が、今日はいないのだ。どうしたのだろうと首をかしげていると、始業時刻少し前になって、ようやく彼女は姿を見せた。

「おはようございます。すみません、遅くなってしまって」

「君がぎりぎりに出勤するなんて珍しいじゃないか。何かあったのか」

「途中で実家から、急ぎの電話があったんです」

「え……。大丈夫なのか。誰か具合が悪いとか？」

「ああ、いえ、そういうわけじゃないんです。どうか気になさらないでください」

そう言って雪乃はパソコンを起動させた。キーボードをタイプする速さは、いつもと変わりがないようだ。

「お、白黒コンビ、揃ったな」三好班長が声をかけてきた。「船木伸輔の件、ご苦労だったな。おまえたちなら必ず見つけてくれると信じていた」

この人はまた調子のいいことを、と黒星は思ったが、口には出さずにおく。

「佐久田豊雄は命に別状ないが、怪我の治療が必要だ。船木のほうも病気があるから、すぐ取調べというわけにはいかないだろう。だがいずれふたりを逮捕して、今回の事件だけでなく、十年前の強盗殺人も一挙に解決したい」

「ふたりの様子を見ながら進めるしかありませんね」

「十年前の事件といえば……」雪乃がこちらを向いた。「高梨さんに横領の疑いがかかっていた件も気になります。あれは、当時の副社長たちの策略じゃないかと思うんですよ。真奈美さんは騙されたんじゃないかと」

その件については専門の部署に任せることになるだろう。黒星たちの担当は、あくまで強行犯事案だ。

「さて、船木を逮捕するまでは、おまえたちの手も空くよな。次の仕事を頼むぞ」

三好は資料を差し出し、黒星たちに別件の捜査を命じた。人使いが荒いなと思ったが、それについても黒星は黙っていた。

雪乃と捜査方針の打ち合わせをしたあと、黒星はつぶやくように言った。

「船木のやり方は正しいものじゃなかった。そもそも十年前に事件を手伝ってしまったのが間違いだし、佐久田を襲ったことも大きな問題だ。……ただ、ちょっと同情してしまうんだよな」

「同情？　本気ですか、黒星さん」

驚いたという顔で雪乃はこちらを向く。少し居心地の悪さを感じながら、黒星は続けた。

「だってほら、贖罪のつもりでずっと真奈美さんを助けてきたんだろう？」

「それはわかりませんよ。恋とか愛とかいうのは、結局のところ、本人の思い込みから起こるんじゃないでしょうか」

何か含むところがありそうな発言だ。どういうことだろう、と黒星は考えた。過去に何かあったのだろうか。

「白石、どうかしたのか？　そういえば今回の捜査中、調子が悪そうなときがあったよな。西島先生を電話で問い詰めたときも、すごい剣幕だったし」

「え……。そうでしたっけ？」

「もし何か悩みがあるんなら、話を聞くぞ」

「いえいえ、大丈夫ですから」

口元を緩めて彼女は言う。だが、何か隠しているのではないかと思えて仕方がない。

「今度じっくり話さないか。俺の馴染みの店でご馳走するからさ」

「それは嬉しいですね。でも黒星さん、私、酔ったって絶対話しませんよ」

雪乃は目を逸らして、窓の外に視線を向けてしまった。どこか不自然に感じられる動きだ。黒星は諭すような調子で言った。

「なあ白石、このままじゃ、よくないと思うんだ。俺の悪い予感はたいてい当たるんだよ」

「なんでそんなにネガティブなんですか」雪乃は苦笑いを浮かべている。

彼女の顔を見ながら、黒星はひとりため息をついた。相棒とはいえ、雪乃とはまだまだ距離が遠い、という気がする。

腹を割って話せるようになるには、もう少し時間がかかりそうだった。

嵐の傷痕

1

署の玄関に向かっていると、突然の強い風に煽られた。

黒星達成《くろぼしたつなり》は、乱れた髪を整えながら空を見上げる。

昨夜、大型の台風が通過して、都心部もかなり影響を受けた。看板が飛ばされたり、工事現場の足場が崩れたりする被害が出たらしい。その後、台風は太平洋に抜けたが、風はまだおさまっていなかった。

立番の警察官に挨拶してから、署の中に入っていく。黒星はここ、本所警察署の刑事課に所属する刑事だ。階級は巡査部長。おもに殺人や強盗などの凶悪事件を担当している。

刑事課の部屋に入っていくと、相棒の白石雪乃《しらいしゆきの》巡査長がパソコンの画面を睨んでいた。

「おはよう。昨日の台風、大丈夫だったか?」

「ああ……はい、おかげさまで」

彼女はこちらを向いた。艶のある黒髪に色白な顔。少し目尻が下がっていて柔和な雰囲気がある。だがその雪乃は、朝から冴えない表情を浮かべていた。

「どうした? 寝不足かい」

「いえ、ちょっと気になることがあって……」

彼女はそう言ったまま、パソコンの画面に目を戻してしまう。

弱ったな、と黒星は思った。雪乃は先月から、何か個人的な悩みを抱えているようなのだ。自分でよければ相談に乗る、と言ったのだが、いまだに打ち明けてくれない。

どうしたものかと考えていると、部屋の奥から上司の声が聞こえた。

「黒星、白石、ちょっと来てくれ」

ふたりを呼んだのは三好武彦《みよしたけひこ》班長だった。捜査指揮の能力は高いのだが、少し調子のいいところがある。組織の中で出世するためには、そういう部分も必要なのだろうか。

三好はテーブルで打ち合わせをしていたようだ。向かいの席に座っているのは、髪が短く、目の大きな男性だった。黒星たち私服警察官とは違って、きちんと制服を着ている。

「仙道《せんどう》さんが刑事課に来るなんて、珍しいですね」

近づきながら黒星が話しかけると、彼は渋い表情を浮かべた。交通課の仙道雅行《まさゆき》警部補、三十八歳。所属は違うが、署内で何度か話したことがある。

「ああ、悪いなあ。ちょっと頼みたいことがあってさ」

仙道は大きな目をきょろきょろと動かしてから、メモ帳に視線を落とした。

三好班長に促され、黒星と雪乃は席に着く。仙道は説明を始めた。

「今日、午前零時ごろ、東駒形《ひがしこまがた》一丁目の路上で男性の遺体が発見された。被害者は食品卸会社に勤める新田龍一《にったりゅういち》、三十六歳。会社帰りだったんだろう、スーツを着ていたが、全身に打撲痕や擦過傷、骨折があった。死因は頸椎骨折だと思われる」

「あの台風の中で、車に撥ねられたってことですか」

「うん。……調べると、遺体の首には何かで強く絞められた痕があった。おそらくネクタイが車体に引っかかって、路上を引きずられたんだな。それで体中に打撲痕や擦過傷ができたわけだ。今、轢《ひ》き逃げ事件として我々交通課が捜査を進めている。自動車整備工場に事故車が持ち込まれていないか、順番に当たっているところでね」

なるほど、と言ったあと、黒星は三好のほうを向いた。

「刑事課には関係ないように思えますけど」

「いや、それが厄介な話でな……」三好は腕組みをした。上腕二頭筋がぴくりと動く。

「新田の弟の浩光《ひろみつ》というのが、かなりうるさい男らしい。兄は何かトラブルを抱えていて、それが原因で殺害されたんじゃないか、と言うんだ。浩光は事故のことを、親戚の都議会議員に相談した。その結果、刑事事件も視野に入れて捜査してほしい、という要望が来た」

都議から要望があったからといって、特別扱いできるものではないだろう。黒星が異を唱えようとすると、三好がそれを制した。

「言いたいことはよくわかる。だが、うちとしても放っておくわけにはいかないんだよ。黒星と白石で、一通り調べてみてくれないか。一日で済むだろ？」

「とんでもない！　調べるとなれば、いい加減な捜査はできません」

「じゃあ二、三日だな。ほかの仕事もあるから急いでくれ。おまえたちなら大丈夫だ」

黒星は低く唸ってから、隣の雪乃を見た。彼女も困惑しているようだ。

「交通課を代表して、俺からも頼むよ」仙道が頭を下げてきた。「評判は聞いてるぞ。白黒コンビの手にかかれば、どんな事件もたちまち解決だって」

「やめてくださいよ。まいったな……」

署内ではそんな噂が立っているのだろうか。たしかにこのところ、黒星と雪乃のコンビはいくつか金星《きんぼし》を挙げている。しかし毎回うまくいくとは限らない。

黒星が渋っていると、それまで黙っていた雪乃がこんなことを言った。

「被害者が路上を引きずられる事故は、けっこうあるんですか？」

「ああ、ときどきある」仙道はうなずいた。「三週間前にも似たような事故が起こった。車体の下に衣服が引っかかって、五百メートルほど引きずられたみたいでね」

そうですか、とつぶやいて雪乃は考え込む。

三好は黒星の肩を、ぽんと叩いた。

「あんまりネガティブになるなよ。いつもどおりに捜査してくれればいい。信じてるぞ」

またこの人は、と黒星は心の中でぼやいた。部下がネガティブ思考に陥るのは誰のせいなのか、本人は気づいていないようだ。

仙道から資料のコピーを受け取って、黒星と雪乃は外出の準備を始めた。

2

黒星たちは、亀戸三丁目にある賃貸マンションに向かった。

事前の電話で聞いていたとおり、新田浩光は兄の家で遺品を調べているところだった。

浩光は痩せ形で神経質そうな人物だ。硬い表情から苛立った気配が感じられる。

ダイニングテーブルで浩光と向かい合い、黒星は深く頭を下げた。

「大変なときに申し訳ありませんが、どうか捜査にご協力を……」

その言葉が終わらないうちに、浩光は強い調子で喋りだした。

「どうして、ただの交通事故で済ませようとしたんですか。あなたたちは手抜きをしたいんですか？」

「そんなことはありません。部署が違うものですから、私たち刑事課に情報が伝わるまで少し時間がかかってしまったんです」

浩光は腕組みをしてこちらを睨んでいる。兄を亡くして動揺し、混乱し、やり場のない怒りを抱えているのだろう。

「お気持ち、お察しいたします」雪乃が姿勢を正して言った。「ご家族を亡くされて、本当におつらい状況だと思います」

「どうせ他人事《ひとごと》でしょう？　あなたに何がわかるというんですか」

「私、警察官になる前は看護師だったんです」

「……え？」浩光は意外だという顔をした。

「事故や病気で亡くなった方を何人も見てきました。大事な人を失って、取り乱さないご家族はいません。そういう方たちに何ができるか、私はずっと考えてきました」

「考えて、答えは出たんですか」

「捜査をすることで、ご家族の力になりたいと思いました。だから刑事になったんです」

浩光はしばらく黙っていたが、やがて小さくため息をついた。雪乃の話を聞いて、少し気持ちが落ち着いてきたようだ。彼は咳払いをしてから話しだした。

「僕が小学生のとき、母親が病気で亡くなりました。高校生のときには、父親が仕事中の転落事故で亡くなりました。兄は大学を辞めて就職し、僕の面倒を見てくれたんです。そのおかげで、僕は自動車メーカーに入社できた。いつかきちんと礼をしたいと思っていました。それなのに、こんなことになるなんて……」

浩光は拳を握り締めている。どこへ怒りを向けたらいいのかわからない、という表情だ。

「最近、お兄さんとはお会いになりましたか？」

できるだけ穏やかな調子で黒星は尋ねた。

「一カ月前に電話で話したとき、兄はかなり酔っていました。はっきり教えてはくれませんでしたが、何か問題を抱えているようなことを言っていたんです。仕事上のことか、私生活のことかはわからなかったんですけど」

黒星はメモ帳を開いた。交通課からの情報では、新田の携帯電話は見つかっていないという。車に引きずられている間に落ちたのか、それとも轢き逃げ犯が持ち去ったのか。

浩光の許可を得て、黒星たちは新田の部屋を調べさせてもらった。

ＤＶＤレコーダーやＣＤプレイヤーのほかに、古いレコードプレイヤーがあった。最近めったに見かけなくなったものだ。

パソコンが見つかったが、パスワードがわからないためログインすることはできなかった。その一方で、机の引き出しからレシートやメモ類が出てきた。参考のため、それらを借用させてもらうことにする。

浩光はひとりで簞笥《たんす》を調べていたが、急にこちらを振り返った。

「刑事さん、こんなものが……」

青いフォトフレームにツーショット写真が収められている。左にいるのは新田龍一で、色黒の顔に白い歯がさわやかに感じられた。右側の女性は三十歳前後だろう。鼻筋が通っていて美しく、長めのボブカットがよく似合っている。ふたりとも微笑を浮かべていた。

「この女性は？」

「知らない人です。たぶん兄の交際相手ですよね」

フォトフレームは、簞笥の引き出しの中にしまい込まれていたという。

雪乃を呼んで写真を見せると、何か心当たりがあるようだった。

「台所のホワイトボードに『松原千佳《まつばらちか》』という名前が書いてありました。電話番号も残っています」

「その人が何か知ってるんじゃないでしょうか。刑事さん、しっかり調べて必ず犯人を捕まえてください」

勢い込んで浩光は言う。とにかく急いでほしい、という気持ちが伝わってくる。

全力を尽くします、と応えて黒星は深く一礼した。


レシートやメモ類を一旦、本所署に持ち帰った。三好班長に預けてから再び外出する。

松原千佳に電話してみたところ、今日は仕事が休みで自宅にいる、ということだった。

今から訪ねる旨を伝え、黒星は相手の住所を聞き出した。

午前十一時過ぎ、黒星たちは両国駅近くにある千佳の家に到着した。おそらく築四十年ぐらいの、古めかしい二階建てだ。一階の部屋は雨戸が閉まっていて、中の様子をうかがうことはできない。

チャイムを鳴らすと、先ほど写真で見たとおりの女性が現れた。ただ、あのツーショットのような柔らかな表情はしていない。急に警察官がやってきたものだから、何が起こるのかと警戒しているのだろう。

「新田龍一さんをご存じですよね」黒星は警察手帳を呈示した。「おつきあいされていたんじゃありませんか?」

「そうですけど……新田さんがどうかしたんですか」

「落ち着いて聞いてください。新田さんは亡くなりました。交通事故に遭ったんです」

えっ、と言ったまま千佳は黙り込んでしまった。黒星と雪乃の顔を交互に見てから、彼女は口を開こうとした。だが、動揺が大きくて言葉が出ないようだ。

「と……とりあえず、中へ」

どうにかそれだけ言うと、千佳は黒星たちを家の中へ案内した。

居間に通されて座布団に腰を下ろす。雨戸とカーテンが閉まっているので、昼間だが室内には明かりが灯っていた。ローテーブルの上にはテレビのリモコン、新聞、空になった菓子皿が置いてある。ふと見ると、畳の上に煙草の焦げ跡があった。

「あ、父が煙草を吸っていたものですから……」

父の貞夫《さだお》は五年前に亡くなったという。

一度廊下に出ていった千佳は、中年の女性を連れて戻ってきた。歳は五十代半ばぐらい。髪を茶色に染め、黒いカーディガンを羽織っている。左目のそばにシミがあったが、容貌は千佳とよく似ていた。

「千佳の母の寛子《ひろこ》です」彼女は真剣な顔で尋ねてきた。「新田さんが亡くなったって本当ですか。いったいどこで？」

「東駒形一丁目の路上です。……千佳さんは新田さんと交際なさっていましたよね。こんなときに申し訳ないんですが、最近の新田さんについて聞かせていただけませんか」

急に問われて千佳は戸惑っているようだ。少し考えてから、彼女は答えた。

「あの人、このところ忙しかったみたいで、一カ月ぐらい会っていないんです」

「新田さんは何か問題を抱えていたらしいんですが……」

「そうなんですか？　私は聞いていませんけど」

「電話ぐらいしていたのでは？　よく思い出してもらえませんか」

千佳は助けを求めるように母親をちらりと見た。それに気づいて、寛子が口を開いた。

「新田さんが亡くなって、娘はショックを受けているんです。そんな、責めるような訊き方をしないでください」

「いえ、そういうつもりでは……」

「あなた方は人の気持ちがわからないんですか？　警察の人っていつもそうですよね。前に私が夜歩いていたときも、職務質問だとか言って、ねちねちと……」

寛子は身振り手振りを交えて話しだした。昔の出来事がよほど腹立たしかったらしい。そうこうするうちカーディガンの袖が上がって、彼女の手首があらわになった。おや、と黒星は思った。ぶつけたような、大きな青い痣があったのだ。

黒星の視線に気づいたようで、寛子はすぐに痣を隠した。

「めまいがして、ちょっと転んでしまったんですよ」彼女は咳払いをした。「とにかく、娘は何も知らないと言っています。ご理解いただけましたか？」

「では、その件はおくとして、おふたりについて何点か質問させてください」

黒星は基礎的な項目を確認していった。寛子は五十六歳で無職。現在は、支払われた夫の生命保険金で生活している、と彼女は説明した。

一方の千佳は三十一歳。週に四日、浅草にある工芸教室で彫金の講師を務めているという。また、その技術を活かして、ネットショップでアンティークグッズを扱っているそうだ。外国から仕入れた食器や文具などの小物を、丁寧に手入れした上で通信販売するらしい。居間の壁際に棚があり、年代物のスプーンやメダル、バッジ、鍵など、美しく磨き上げられた商品が並んでいた。

「もともと父がアンティーク好きだったんです。錆《さ》びついてしまったものでも、磨けばきっときれいになる。人間だってそうなんだ、と父はよく話していました」

昔のことを思い出したのだろう、千佳はしんみりした調子で語った。

なるほど、と相づちを打って黒星はうなずく。さらにいくつか質問を重ねてからメモ帳を閉じた。

捜査協力への感謝を伝えたあと、黒星と雪乃は座布団から腰を上げた。

3

「あの親子、どう思う?」住宅街を歩きながら、黒星は雪乃に尋ねた。

「そうですねえ……」

雪乃の返事ははっきりしないものだった。足下のアスファルトを見ながら、何か考えているようだ。黒星としては、そんな態度が気になって仕方がなかった。

「なあ白石。最近、仕事に集中できていないんじゃないか？　悩みがあるなら話してくれないか」

彼女は足を止め、黒星の顔を見上げた。まだ台風の影響があって、時折強い風が吹きつける。雪乃は乱れた髪を掻き上げた。

「ご迷惑ですよね。すみません……」

「いや、迷惑というわけじゃないんだが、どうも気になってね。君は俺の相棒だからな」

しばらくためらっていたが、やがて意を決した様子で雪乃は話し始めた。

「十三年前に父が亡くなってから、母と折り合いが悪くて……。顔を見ればすぐ口論という感じでした。それで私、看護師になってからひとり暮らしを始めたんです。ところが十一年前だったかな、母が病気になりました。私は看護師一年目でしたが、自分の勤務先はとてもいい病院だと信じていたので、母を入院させようとしました。ところがです、母が何と言ったと思いますか？」

「わからないな。お母さんは何か嫌なことを？」

「言うに事欠いて、こうですよ。『あんたなんかには任せられない。もっとちゃんとした病院に行く』って……。失礼じゃないですか。たしかに私は新米で、先輩にも毎日叱られていましたけど」

「そうか。白石にもそんな時代があったのか」

「私が担当ナースになるかどうかはわからないんだから、とにかくうちの病院に入院したほうがいい、と勧めました。すると、母はこう言いました。『あんたはもう少し、他人の目を気にしたほうがいい』って。……これには、かちんときましたよ。母は私のことを頼りなく思っていたんでしょうね。でも、そんなふうに見られていたとしても、私は自分の勤務先に入院させたかったんです。それが娘として、やるべきことだと思いましたから」

「なるほど……」

「つまらない親子喧嘩だと思うかもしれませんが、私としては、うしろから刺されたような気分だったんです」

彼女は口を尖らせている。十年以上経っても、納得できないという思いが強いのだろう。

最後まで説得することができず、母は別の病院に入院したという。退院するまで雪乃は何度も見舞いに行き、身の回りの世話をしたが、母との和解は難しかった。それ以来、ほとんど連絡をとらなくなったそうだ。

「ところが先月になって急に母から電話がありました。病気が再発したらしいんです。昔のことはともかく、こちらを頼ってきたんだから、と割り切って相談に乗りました。でも結局、母は十一年前と同じところに入院しました。母は満足しているようですけど、私のほうは釈然としません。昔のことを思い出すと、もやもやしてしまって……」

いろいろとストレスを感じていたのだろう、雪乃は鼻息荒く、そんなことを言った。

「病気のせいで、お母さんも素直になれなかったんじゃないかな」

黒星が宥《なだ》めると、雪乃は何か思い出したようだ。

「松原さん親子は、しっかり支え合っている感じがしましたよね。特に寛子さんは、絶対に娘を守るという感じでした。ああいう親子もいるんだなあと思って、羨《うらや》ましいような、悲しいような気持ちになりましたよ」

自分も父を亡くしているが、松原千佳とはずいぶん境遇が違う。雪乃はそう感じているのかもしれない。

「話してくれてよかったよ。いろいろあるだろうが、気持ちを切り換えていこう。……そうだ、昼飯に何か旨いものをご馳走するからさ」

あえて軽い調子で言ってから、黒星は交差点のほうへと歩きだした。

聞き込みを続けるうち、新田が出入りしていた飲食店が判明した。墨田区業平《なりひら》にあるワインバーだ。事件現場から徒歩数分という場所だった。

午後四時、店では夜の営業のための仕込みが行われていた。黒星と雪乃は店員に声をかけて中に入った。

オーナーは若山誠次《わかやませいじ》という男性で、歳は四十代後半。セルフレームの眼鏡をかけた、お洒落な印象の人物だ。

「本所署の黒星です。こちらのお店に新田龍一さんが通っていたと聞いたんですが」

「ええ、よく来ていますよ。半月に一回ぐらいのペースかな」

「実は、新田さんが亡くなったんです」

若山は驚いて、拭いていた皿を取り落としそうになった。

「亡くなったんですか？　いや……でもあの人、昨日の夜も来ていましたけど」

よし、当たりだ、と黒星は思った。普段は何かとついていない自分だが、とうとう有力な証言者を見つけることができた。これで捜査が大きく進展しそうだ。

カウンターに近づいて、黒星は若山に尋ねた。

「新田さんに変わった様子はありませんでしたか」

「かなり飲んでいましたけど、それはいつものことだから……。あの人、酔うと気が大きくなるんですよ。よくない癖でね」

「昨日、新田さんは何時ごろまでここに？」

「夜十一時の閉店近くまでいました。台風だから早く帰ったほうがいいですよって言ったんだけど、ずっと粘っていてね。『今日はこのあと大事な用事がある』とか話していました。そのうち携帯に連絡があって、新田さんは店を出ていったんです」

謝意を伝えて黒星たちはバーを出た。

妙だな、と黒星は首をかしげた。遺体が発見されたのは午前零時ごろだ。店を出たあと交通事故に遭ったとして、一時間もの間、誰にも発見されなかったというのは違和感がある。

「どこかで一時間ほど過ごしたあと、事故に遭ったんだろうか」

「だとすると、単なる交通事故ではないかもしれません」

雪乃はそうつぶやいてから、じっと考え込む表情になった。

続いて黒星たちは、新田と千佳に共通する知り合いを訪ねた。

新橋《しんばし》の食品メーカーに勤める、吉井繁文《よしいしげふみ》という人物だ。三十三歳で色黒、快活そうな営業マンだった。

新田が亡くなったと聞いて、彼もひどく驚いていた。

「まさか新田さんが……」吉井は大きく首を横に振った。「どうしてそんなことになったんでしょうか」

「何かトラブルの話を聞いていませんでしたか」

「いえ、知りません。酒が好きだったので、ときどき羽目を外すことはありましたけど」

「吉井さんは松原千佳さんとも親しかったんですよね？」

そうです、と吉井は真面目な顔で答えた。

「もともと僕は仕事の関係で、新田さんと知り合ったんです。ふたりとも競馬が趣味だとわかって、飲みに行くようになりました。しばらくして新田さんが、交際相手の松原さんを連れてきたんですよ。しっかり者という印象の、きれいな人でした」

「新田さんと松原千佳さんの関係は、どんな感じでしたか」

すると吉井は、黒星から視線を外してためらう様子を見せた。

「……それがですね、つきあいが長くなるうち、関係が悪くなってしまったみたいなんです。直接聞いたわけじゃないけど、千佳さんは新田さんをよく思っていなかったのかもしれません」

「というと？」

「僕とふたりで飲んでいたとき、新田さんが苦笑いしながら言ったんです。『俺はあの女に恨まれているから』ってね。そのあと何度も携帯の画面を見て、険しい顔をしていました。新田さんの目が怖かったので、千佳さんは大丈夫かな、と少し心配になりました」

「いつごろのことですか？」と雪乃が尋ねる。

「二カ月ぐらい前でした。そのあとは一度も新田さんと会っていません。まさか、あれが最後になってしまうなんて……」

肩を落としながら吉井は言った。

写真の中では幸せそうだったのに、松原千佳と新田の関係は悪化していたのだろうか。このとき黒星は思い出した。あのフォトフレームは、目につく場所には飾られていなかった。新田自身の手で、引き出しの中にしまい込まれていたのだ。

黒星と雪乃は、さらに新田の交友関係などを調べていった。

途中で三好班長から電話があり、新田の所持品の中から、レコードショップのレシートが出てきたことがわかった。そういえば、彼の部屋にはレコードプレイヤーがあった。

午後七時前、神保町《じんぼうちょう》にあるレコードショップを訪問した。音楽といえば今やCDどころか配信で聴くのが主流だが、それでもレコードを支持する人たちがいるのだろう。

店番をしていたのは三十歳前後の女性店員だった。眼鏡をかけ、長めの髪をうしろで縛った、おとなしそうな人だ。黒星が警察手帳を見せると、彼女は驚いた様子でまばたきをした。

「この辺りで何かあったんでしょうか」

「いえ、そうじゃないんですが……。新田龍一という人をご存じありませんか。この店でよくレコードを買っていたらしいんです」

「あ……はい、新田さんはうちのお客さんですけど」

彼女は谷美由紀《たにみゆき》と名乗った。新田は三カ月ほど前から、この店に顔を出すようになったという。

「好みのレコードが多いから、ここへ来るのが楽しみだとおっしゃって……。けっこう話し込んでしまうこともありました」

「その新田さんなんですが、実は交通事故で亡くなりました」

「え……」

大きく目を見開いて、谷は黙り込んでしまった。かなりショックを受けているようだ。

「悩みがあるとか、困っていることがあるとか、新田さんはそんなことを言っていませんでしたか」

「あの……ほとんどはレコード関係の雑談でしたから」

「新田さんには交際相手がいたんですが、何か話を聞いたことは?」

谷は動揺を抑えるように、深呼吸をしてから答えた。

「そういえば、最近彼女と会っていない、と言っていました。いろいろうまくいかなくてイライラする、とも……」

さらにいくつか質問を重ねたあと、黒星たちは店を出た。

神保町の町を歩きながら、黒星はひとり考え込む。雑談する仲だったとはいえ、新田はレコードショップの店員にまで愚痴をこぼしていたのだ。彼は松原千佳との交際を、どのように考えていたのだろう。

強い風の中、空き缶が足下を転がっていった。黒星は黙ったまま、それを目で追った。


午後八時を過ぎたころ、黒星たちは本所署に戻った。

三好班長が仙道を呼んでくれたので、四人で打ち合わせを始めた。今日一日の活動を手短に報告したあと、雪乃が三好のほうを向いた。

「新田さんの携帯はまだ見つかっていませんよね。通話記録を取り寄せていただけませんか」

「わかった。携帯電話会社に手配しよう。……次にこちらからの情報だが、新田龍一が気になるメモを残していた」

三好は椅子から立ち上がって部下に声をかける。ふたりの刑事がこちらにやってきた。

ひとりは紺野克英《こんのかつひで》といって、現在三十二歳。眼鏡をかけた一見インテリふうの刑事だが、仕事よりパソコンが好きという「おたく」だ。

もうひとりは青柳裕太《あおやぎゆうた》、二十八歳。この部署では若手の刑事だった。素直な性格なのだが、少し言動に頼りないところがある。

「紺野と青柳が見つけてくれた。何か妙なことが書いてあったんだよな？」

「そうなんですよ。先輩、これを見てください」青柳は一枚のメモを差し出した。「ほら、ここ、新田龍一と松原千佳の間には揉め事があったみたいです」

黒星はその紙に目を落とす。

《9月18日　千佳　話し合い　↓　NG》

《9月24日　千佳　話し合い2　↓　NG　あの女！》

日付はいずれも先月のものだ。

「黒星さん、私の推理を聞いていただけますか」紺野が丁寧な口調で言った。「十八日、新田は松原千佳と何らかの話し合いをしたが、うまくいかなかったんでしょう。そして二十四日、二回目の話し合いも成功しなかった。『あの女！』という書き込みには憤りが感じられます。かなり揉めていたのではないでしょうか」

新田が松原千佳を憎んでいたのなら、携帯を見て険しい顔をしていたのも納得できる。

「もしかしたら新田は、電話やメールで松原千佳を恫喝していたのかもしれない」

三好が腕組みをしながら言う。それを聞いて仙道もうなずいた。

「脅迫めいた電話やメールが来ていたとすれば、松原千佳は恐怖を感じていたはずだな。

しつこくつきまとわれ、思い余って新田に殺意を抱いたとしたら、どうだろう?」

「可能性はありますね」黒星は同意した。「紺野と青柳のおかげで、ひとつ筋読みができた。助かったよ」

「ありがとうございます。これで捜査が進むといいんですが」紺野が言った。

「そうすると、松原千佳の身辺を詳しく調べたほうがいいですね」

青柳はメモ帳に明日の予定を書き込んでいる。

今後の捜査方針について、黒星たちは相談を始めた。交通事故と思われたものが、実は事件だったかもしれないのだ。熱心な議論が重ねられた。

そんな中、雪乃だけは浮かない顔をしていた。

——実家のことを考えているのか? 白石が不調なら、俺が頑張らないとな。

相棒の横顔を見ながら、黒星は自分にそう言い聞かせた。

4

翌日、松原親子に会ってみたいという仙道を連れて、黒星たちは両国に向かった。

「何なんです? この子は関係ないって言ったじゃありませんか」

居間にやってくるなり、母親の寛子はあからさまに不満げな声を出した。のっけから挑戦的な態度だ。

「まあ、お母さん、ちょっと聞いていただけませんか」宥めるような調子で、黒星は話しかけた。「聞き込みを続けるうち、おかしな噂を耳にしたんです。失礼ですが、新田さんと千佳さんは最近うまくいっていなかったのでは？」

寛子は眉根を寄せて黒星を睨みつけた。

「いったい誰がそんなことを言ってるんです？」

「新田さんがメモを残していました。千佳さんに対して、何か思うところがあったようで」

それを聞いて寛子は黙り込んだ。かすかだが、顔に困惑の色が浮かんでいる。

黒星は娘のほうに目を向けた。

「千佳さん、新田さんとの間にトラブルはありませんでしたか？　新田さんは、『俺はあの女に恨まれているから』と話していたそうですよ」

「それが、私のことだとおっしゃるんですか？」

千佳の頬がかすかに痙攣《けいれん》している。どうやら相当な不快感を抱いているようだ。

彼女の問いには答えず、黒星は別の質問をした。

「一昨日の午後十一時ごろ、どこにいらっしゃいましたか」

「……私を疑っているんですね」

「念のためにお尋ねしているだけです。何も問題ないのなら教えてもらえますよね？」

仕方がない、と諦めたような顔をして千佳は答えた。

「私は体調が悪かったので早めに寝ました。低気圧になると頭痛がひどいんです。母も自分の部屋で寝ていたはずです」

「なるほど。……ところで、おふたりは自動車をお持ちですか？」

「いい加減にしてください」隣にいた寛子が口を挟んできた。「私もこの子も、免許を持っていないんです。車の運転なんて無理に決まっているでしょう」

「いや、決めつけることはできませんよ」

そう言ったのは仙道だった。彼は大きな目を光らせて、松原親子を見つめた。

「無免許でも車を運転してしまう人は、いくらでもいます。……いや、免許がなかったから無茶をして、事故を起こしたとも考えられる。千佳さん、どうなんです？　新田さんにつきまとわれた結果、あなたは車で事故を起こしてしまったんじゃないですか？」

千佳はじっと考え込んでいる。それを見て、寛子は座布団から腰を浮かせた。

「もう、やめてください！　いくら警察の人だからって、こんな侮辱は許せません」

寛子はしばらく警察批判を口にしていたが、そのうち苦しそうに咳き込み始めた。

「どうしました？」

雪乃が立ち上がって、寛子に近づこうとする。だが千佳がそれを拒絶した。

「母は具合が悪いんです。お願いですから帰ってください」

そう言われては、これ以上粘ることもできない。黒星たちは形ばかりの挨拶をして、早々に家を出た。


通りを歩きながら、仙道が渋い顔でこちらを振り返った。

「ふたりの態度を見ただろう。あれは絶対、何か隠しているよな」

「でも仙道さん、ひとつ疑問があります」雪乃が言った。「新田さんを呼び出したあとの約一時間、犯人は何をしていたんでしょうか」

「そうだな……。話をしていたんじゃないか？　もしかしたら新田は松原千佳への未練があって、元どおりつきあえないかと交渉していたのかもしれない」

「交渉、ですか。ちょっと違和感がありますけど」

雪乃は首をかしげている。そんな彼女を見つめたあと、仙道は腕時計を確認した。

「とにかく、あの親子は重要参考人だ。俺はまず、免許がないというのが本当なのか確認してみる。それから、車を持っていないのなら、一時的に調達したのかもしれないよな。盗難車についても調べてみよう。……黒星たちはあの親子の知り合いを当たってくれないか。誰かから車を借りたという可能性もあるからな」

仙道と別れて、黒星と雪乃はタクシーを拾った。このあと松原親子の交友関係を調べ、情報収集を重ねることにした。

捜査するうち、いくつかの事実がわかった。千佳は短大卒業後、防災機器の販売会社に勤めていたという。火災報知器や避難用の設備などを扱う会社だ。しかし父親が亡くなってから退職し、工芸教室に就職。同時に、アンティークグッズをネットで販売するようになったそうだ。

一方、母の寛子についてはこんな証言が得られた。話してくれたのは野村安恵《のむらやすえ》という、五十代後半の主婦だ。寛子とは高校時代の同級生で、今もときどき電話で話すことがあるらしい。

「寛子さんは苦労人ですよ。駆け落ち同然で結婚したんだけど、貞夫さんがギャンブル好きでね。彼女から、よく愚痴を聞かされました」

「その旦那さんも、五年前に亡くなっていますよね」

「そう。酔っ払ってビルから飛び降りちゃったの」

「え？　自殺……ですか」

「刑事さんたち知らなかったの？　借金で追い詰められた挙げ句そうなった、という話でしたよ。あのときは寛子さんを慰めるのに苦労しました」

黒星と雪乃は、黙ったまま顔を見合わせた。

自動車についても質問したが、野村は何も知らないということだった。

その後も黒星たちは関係者に聞き込みを続けた。しかし、あの親子に車を貸したという人物は一向に見つからない。

そうこうするうち仙道から電話があって、松原親子はどちらも運転免許を持っていないことが確認できたという。

「ふたりの知り合いで、車の相談を受けたという人はいないかな」

「見つかりませんね」黒星は答えた。「考えてみれば当然の話です。ふたりが免許を持っていないのなら、誰も車を貸したりしないでしょう」

「そうだよなあ。この線は外れか」

電話の向こうで仙道はひとり唸っている。

捜査は手詰まりといった状況だ。黒星の中で、徐々に焦りが膨らみつつあった。

5

これといった成果が得られないまま、捜査は三日目を迎えた。

「おい、どうした白黒コンビ。そろそろ事件を解決してくれないと困るぞ」

朝一番で三好班長から催促されてしまった。心苦しく思う反面、そう短い期間で解決などできるはずがない、という気持ちもある。

「肝心の車が見つからないんですから……」黒星はぼやいた。「交通課で盗難車を調べてくれていますが、そっちも空振りのようだし」

そこへ、廊下から雪乃が入ってきた。バッグも下ろさずに、彼女は慌てた声で言った。

「黒星さん、すぐ出られますか？　東祥《とうしょう》大学の法医学教室に行きましょう。ご遺体の解剖結果について、気になる情報が入ったんです」

かなり急いでいるようだ。外出すると三好に伝えてから、黒星は雪乃とともに本所署を出た。

タクシーで東祥大に乗りつけ、キャンパスを走っていく。事前に約束してあったのだろう、法医学の瀬戸口《せとぐち》という初老の教授に会うことができた。

「これがご遺体の写真です」瀬戸口はパソコンの画面を指差した。「白石さんが気になさっているのは擦過傷ですよね？」

画面に映った遺体はスーツを着ていたが、何カ所か破れて赤黒い血が見えている。路面に擦りつけられ、皮膚に傷がついたのだと思われる。

「検視していて気がつきました」瀬戸口は言った。「これらの傷は、車の事故によるものではないんじゃないかと……。ネクタイで引きずられたのなら頭から脚のほうへ、つまり縦方向に傷がつくはずです。ところがご遺体を調べると横方向に傷がついているんです」

「横方向ということは、たとえばこうですね？」

　雪乃は自分の腹を、左から右へ引っかくような仕草をした。

「逆もあります。右から左へと擦れた形ですね。それから打撲痕も気になります。腕や腹、背中が何度も叩きつけられているんですよ。撥ねられたにしては創傷が多すぎる」

「引きずられて地面に叩きつけられたわけではないんですね？」

「ええ、引きずられた傷とは明らかに異なります」

　雪乃はメモ帳を開いて、相手と専門的な話を始めた。瀬戸口は驚いた様子だったが、彼女が元看護師だと聞いて納得したようだ。

「やはり事故じゃありませんね」雪乃は黒星のほうを向いた。「間違いなく事件です」

「しかし車で引きずられたのでなければ、どうして全身に傷が……」

「それが問題です。どこであんな傷がついたのか、調べる必要があります」

　瀬戸口に礼を述べると、雪乃は素早く椅子から立ち上がった。


　黒星たちは東駒形一丁目の遺体発見現場に移動した。

　商業地域なので道幅は広く、見通しもいい。だが事件が発生したのは深夜だった上、台風のせいもあって、目撃者はいないということだった。

　周辺の建物に目を配りながら、黒星たちは足早に通りを進んでいく。やがて、四階建ての古びた商業ビルを発見した。入り口付近に貼り紙があり、まもなく解体予定の廃ビルだとわかった。

ふと見ると、植え込みの低木に何かが絡まっている。黒星は白手袋を嵌めて、それをつまみ上げた。

「ロープの繊維じゃないか？　気になるな」

ビルの裏手に回ってみる。通用口のドアを確認すると、鍵が壊されていることがわかった。黒星は眉をひそめた。状況から考えて、誰かが侵入した可能性が高い。

先ほどの貼り紙を見て、管理会社に電話をかけた。事情を説明し、中に入る許可を得る。

明かりが点いていないため、フロアは薄暗かった。ほとんどの什器《じゅうき》は運び出され、屋内はがらんとしている。一階を見て回ったあと、階段で二階に上がっていった。

元はカフェだったらしい場所に入ると、バルコニー席に面したドアが開かれていた。

「これを見てください」雪乃が手招きをした。

バルコニーの隅に頑丈なフックが設置してある。その近くに、裂けてほつれたロープの繊維が落ちていた。

黒星はバルコニーの床を丹念に調べ始めた。手すりの近くにいくつかの靴跡がある。かなり乱れていて、ただ歩いただけとは思えなかった。

「もしかして、ここが殺しの現場じゃないのか？」

つぶやきながら、黒星は手すりの向こうに顔を出した。五メートルほど下に、一階の歩行者用通路が見えた。デザインを重視したのか、ビルの外壁にはあちこちに凹凸がある。

「可能性は高いですね」雪乃が答えた。「新田さんはロープで首を絞められたのかもしれません。犯人はこのフックにロープを結び、新田さんをバルコニーから突き落としたんじゃないでしょうか。宙吊りになった新田さんは、強い風に煽られ、振り子のように揺れて、凹凸のある壁に何度も叩きつけられた。それで横方向の擦過傷や打撲痕がついた……」

四階までくまなく確認したあと、黒星たちは建物の外に出た。初めにロープの切れ端を見つけた植え込みへ戻り、あらためて付近をチェックしていく。

蓋つきの側溝があった。雪乃はしゃがみ込んで、熱心にそれを観察する。コンクリートの蓋に、硬いもので削られたような跡があった。

「ここです。ここを調べてみましょう！」

「側溝の中を？　大変だな……」

「大変だからこそ、何かが残っている可能性があるんです。さあ、早く」

急かされて黒星はスーツを脱ぎ、シャツの袖をまくった。雪乃とふたり、力を合わせて側溝の重い蓋を取りのける。

覗き込むと、どこから流れてきたのか、木の小枝やレジ袋が引っかかっていた。

「黒星さん、これ！」

雪乃は白手袋を嵌めた手をまっすぐ伸ばした。側溝の枠と蓋の間に、わずかな隙間がある。その部分に、見慣れない金属の細い棒があった。長さは三センチぐらいで、先端に小さな円柱形の部品が付いている。

「ヤスリ……だろうか」

名前も用途もわからない。だがここに落ちていたことは、偶然ではないと思えた。

黒星は立ち上がって廃ビルを見上げた。五メートル上にはバルコニーの手すりがある。

雪乃が言うように、新田はあそこから吊り下げられていたのだろうか。

そのとき、ふと視線を感じたような気がした。素早く辺りに目を走らせたが、散歩をする高齢者や、買い物帰りの主婦などしか見当たらない。

気のせいだろうか、と思いながら、黒星は側溝の蓋を元に戻した。


近くの公園で手を洗ったあと、聞き込みを再開することにした。

新田殺しの犯人として、もっとも疑わしいのは松原寛子と千佳の親子だ。ふたりについてさらに情報を集め、事件に関与したという手がかりを見つけたかった。

だいぶ日が傾いたころ、三好班長から電話があった。

「おまえたち、すぐ署に戻ってきてくれ。大至急だ」

「何かあったんですか?」

「松原千佳の母、寛子が自首してきたんだ。新田を殺したのは自分だと言っている」

えっ、と黒星は声を上げてしまった。あの親子が怪しいと疑っていた矢先、向こうから自首してきたというのか。いったい何が起こったのだろう。

電話を切って内容を伝えると、雪乃も驚いていた。

とにかく、詳しいことはあとだ。黒星たちは本所署に向かって走りだした。

6

マジックミラー越しに、黒星は取調室を覗き込んでいる。

室内にいるのは取調べを担当する三好班長と、補助官の紺野だ。机を挟んで、三好の反対側には松原寛子が座っていた。緊張の中にも、強い決意を含んだ表情がうかがえる。

「あなたが持ってきたロープだが、あれを使って新田さんを殺害したというんだな?」

三好が尋ねると、寛子はぎこちなくうなずいた。

「新田さんは交通事故に遭ったんじゃありません。私がロープで吊るして殺したんです」

「どこでやった？」

「今日、男性と女性の刑事さんが調べていたビルです。あそこは廃墟になっていたので都合がよかった。台風の夜、私は新田を誘い出しました」

「新田さんとの間にトラブルがあったんだな？」

「あの男は娘に暴力を振るっていたんです。ストーカーのようにつきまとって、しまいには母親の私まで脅すようになりました。殺されたくなければ金をよこせ、言うことを聞かなければ娘がどうなっても知らないぞ、と。本当に悪魔のような男でした。だから千佳を守るため、私はあの男を殺すしかなかったんです」

当時のことを思い出したのか、寛子は肩を震わせている。

「これまでの経緯を聞かせてください」

三好がそう促すと、彼女はぽつりぽつりと話し始めた。

「台風の夜なら、人に見られる危険が少ないと思ったんです。あの日、私は新田に電話をかけました。まとまった金を渡すから、今後、娘につきまとうのはやめてください、と頼んだんです。夜、準備ができたらまた電話するから、と私は伝えました。金に困っていた新田は、ふたつ返事で承知しました。午後十一時ごろ、私は新田に電話をかけて廃ビルに呼び出したんです」

そこから先は、生々しい犯行の様子が語られた。

酔っていた新田には隙があった。寛子はうしろからロープを首にかけ、強く絞め上げた。相手が気絶したあと、寛子は自殺に見せかける偽装工作を始めた。ところが途中で新田が意識を取り戻したという。パニックに陥った彼は、逃げようとしてバルコニーから転落してしまった。ロープの端は壁のフックに結んであったため、首吊りの状態になった。

「それで頸椎骨折となったわけか」三好は低い声で唸った。「そのあと激しい風のせいで、遺体は壁にぶつかったんだな」

「立っているのもやっと、というぐらいの風でした。あの男は激しく壁に叩きつけられました。何度も、何度も。ぶつかるたびに、骨の折れる音が聞こえました……」

やはりそうか、と黒星は思った。それで体のあちこちに傷がつき、骨折したわけだ。

「あんな傷のある遺体を放置したら、自殺ではないことがばれるでしょう。そうなったら、交際相手の千佳が疑われるおそれがあります。だから交通事故に見せかけようと考えました。たしか、三週間前にも遺体が引きずられる事故があったことを思い出したんです。……私はなんとか新田の遺体を下ろしてロープを外したあと、近くの道路に運びました。それがすべてです。本当に、本当に申し訳ありませんでした」

寛子は肩を落とし、小さくため息をついた。その姿を、黒星と雪乃は隣室からじっと見つめていた。

取調べを終えて、三好と紺野が刑事課の部屋に戻ってきた。

「黒星、白石、よくやってくれた」三好は口元を緩めた。「仙道も感謝していたぞ」

「松原寛子は我々のことが気になって、あとを追っていたんですね」黒星は言った。

「その結果、廃ビルに捜査が及んだのを知って、もう駄目だと観念した……」

自首という意外な結末を迎えたが、解決すればそれでいい。この仕事は一段落ということになる。

ところが隣の雪乃を見ると、ひとり浮かない顔をしていた。

——さっきの寛子を見て、自分の母親を思い出したんだろうか。

支え合っている親子が羨ましい、と雪乃は話していた。それなのに母親が犯罪者だったとわかって、動揺しているのかもしれない。

「白石さん、ちょっといいですか」

廊下から後輩の青柳が入ってきた。彼は書類の束を雪乃に差し出す。

「頼まれていた件です。携帯電話会社から、新田の通話記録をもらってきました」

「ああ……そうでしたね。ありがとうございます」

雪乃は書類を受け取り、ページをめくっていく。そのうち、おや、という表情になった。彼女は視線を上げ、早口で青柳に問いかけた。

「新田さんに電話をかけていたこの番号の人、誰だかわかりますか？」

「あ……はい。調べてありますけど」

青柳は別の資料を机に置いた。素早く内容を確認して、雪乃は大きく目を見開いた。

続いて彼女は、机上の証拠品保管袋を手に取った。中には、側溝で見つけたヤスリのようなパーツが入っている。

「もしかしたら、この部品の正体は……」

雪乃は電話をかけ始めた。三好や紺野、青柳は不思議そうにそれを見ている。雪乃はしばらく相手と話していたが、やがて何度もうなずいた。礼を述べ、電話を切る。

「黒星さん、出かけますよ！」凜とした声が室内に響いた。「私たちは何もわかっていませんでした。嵐の夜に、いったい何が起こったのか……。今こそ、この犯罪の病巣を見つけなくてはいけません」

雪乃はバッグを持って廊下に向かう。黒星は慌てて彼女のあとを追った。

7

急に訪ねてきた黒星と雪乃を見て、松原千佳は複雑な表情を浮かべた。

不安の中に焦燥感と悲しみ、そして後悔の気持ちが混じっている。そんなふうに見えた。

「母が自首したというのは本当ですか？　今日、いつの間にか家を出てしまったので、心配していたんです。そうしたら警察から電話があって……」

動揺を隠せないという顔で、千佳は言う。

「事件のあった夜、寛子さんは外出していたんですか？」と雪乃が尋ねた。

「前にも話しましたが、私は早く寝てしまったので翌朝まで母と会わなかったんです。まさか夜中にこっそり出かけていたなんて、考えもしませんでした」

「新田さんの脅迫に耐えきれなかった、だから殺害した、と寛子さんは供述しています」

「どうしてそんな……。当事者の私が我慢していたのに、母が人殺しをするなんて」

千佳は唇を嚙んだ。事実をどう受け止めていいのかわからない、という様子だ。

「お察しします。……私たちはこれから真相を究明しなければなりません。その上で被害者、加害者の周りにいる関係者の心をケアしなければならない、と考えています」

「本当に、母がとんでもないことをしてしまって、申し訳ありません」

深く頭を下げる千佳を見つめてから、雪乃は口調をあらためた。

「捜査状況について、いくつかお話しすることがあります。実は、遺体が発見された現場付近の廃ビルに、こんなものが落ちていました」

雪乃は、廃ビルの側溝で見つけたパーツの写真を差し出した。

「『ミニルーター』という電動工具があります。先端にビットと呼ばれるヤスリやブラシ、砥石などを取り付け、高速回転させる。それを使って、いろいろな加工作業をするんです。調べたところ、この写真のパーツはビットの一種で『軸付き砥石』という名前だとわかりました。どういうときに使うのか、ご存じですか？」

言葉を切って、雪乃は相手の表情を観察した。千佳はしばらく写真に注目していたが、やがて首をかしげた。

「工事に使うもの……でしょうか？」

「いいえ、趣味の分野で使われることがほとんどです。これがあれば金属の錆び落としや表面加工ができる。たとえば、あのような商品をきれいにすることも可能です」

雪乃は右手を伸ばして、壁際の棚を指差した。そこには古いスプーンやメダル、バッジ、鍵などが飾ってある。いずれもきれいに磨き上げられたものだ。

「あなたはアンティーク品の手入れをするために、軸付き砥石とミニルーターを使っていたんじゃありませんか？　事件のあった夜、あなたはあのビルにいましたよね？」

千佳は何か言いかけた。だが、そのまま口を閉ざしてしまった。

厳しい表情を浮かべて、雪乃は話を続けた。

「台風の夜、事件を起こしたのはあなたですよね。もしかしたら寛子さんもその場にいたかもしれませんが、主導したのは千佳さんでしょう。私の推測はこうです。……新田さんが宙吊りになって死亡したあと、あなたはフックからロープを外して、遺体を地面に下ろした。急いで一階に移動し、遺体の首からロープの輪を外そうとしたはずです。ところが、ロープがきつかったのと、雨で濡れていたのとで、うまくほどけなかった。あいにく手元に刃物などはない。それで、仕事道具としてバッグに入れてあったミニルーターと軸付き砥石で、繊維の一部を切ってロープをほどいた。そのあと、外した軸付き砥石を落としてしまったんでしょう。回収したかったけれど、側溝に入ってしまったため諦めるしかなかった……」

千佳は沈黙したままだ。黒星は彼女の目を覗き込んでから口を開いた。

「新田さんは、『俺はあの女に恨まれているから』と話していたそうです。一見、相手を軽んじて冗談を言ったようにも思えますが、実際には、彼は心からあなたを疎んじていた。いや、もしかしたら恐れていたのかもしれません」

「なんであの人が……」

不本意だという顔で、千佳は身じろぎをする。それを受けて、雪乃は声を強めた。

「別れ話を切り出されるとか、何か事情があって、あなたは新田さんを恨んだんじゃありませんか？　その結果、ひどいストーカー行為を始めた。困った新田さんは、あなたを避けるようになったのでは?」

「馬鹿馬鹿しい。私がそんなこと、するわけないでしょう? 何か証拠でもあるんですか」

その言葉を待っていたかのように、雪乃はコピー用紙を差し出した。携帯電話の通話記録だ。

「事件当日の午後十一時前、あなたの携帯から新田さんに発信された記録が残っています。それを隠すため、犯行のあとは新田さんの携帯電話を持ち去ったんでしょう。……日ごろから、あなたが新田さんのあとをつけていた可能性もあります。今日、私たちを尾行していたのもあなたですよね? 廃ビルで証拠が見つかったのを知って、あなたは寛子さんを警察に行かせたんでしょう」

「待ってください。うちの母は、自分がやったと話しているんじゃないんですか?」

千佳は顔を強張《こわば》らせて主張する。まだそんなことを言うのか、と黒星は苦々しく思った。

「わからないのか? それはあなたをかばおうという親心じゃないか!」

黒星が声を荒らげると、慌てた様子で雪乃が制した。

「違います、黒星さん、そうじゃありません」

「……え?」

「私は看護師だったころ、DVを受けた患者さんから話を聞いたことがあるんです。それで今回、ぴんときました。寛子さんの腕には痣がありましたが、あれは誰かに暴力を振るわれたせいだと思います。……この家では、まだ明るいのに雨戸やカーテンを閉めきっていますよね。それは悲鳴や泣き声を、できるだけ外へ漏らさないためじゃないでしょうか。それから、畳には煙草の焦げ跡がついています。誰かが寛子さんに、煙草の火を押しつけていた可能性があります」

黒星はぎくりとした。その「誰か」とはいったい何者なのか。

「千佳さん」雪乃は続けた。「あなたは日常的に、寛子さんに暴力を振るっていたんですよね？　お母さんの体を調べたら、煙草を押しつけられた痕が見つかるんじゃないでしょうか。……あなたは自分の身代わりになって自首するよう、お母さんに頼んだ。いえ、そうするよう、お母さんを脅迫したんでしょう？」

突然、どん、と大きな音がした。千佳がローテーブルの天板を力任せに叩いたのだ。

「ああ、うるさい！」彼女は唇を震わせていた。「母が許せなかったのよ。だって、父を殺したのはあの女なんだから」

はっとして、黒星は千佳の顔を見つめた。聞き込みによれば、彼女の父は五年前、飛び降り自殺で亡くなったはずだ。

「……どういうことです？」雪乃が尋ねた。

「もちろん父にも問題はあった。私には手を出さなかったけれど、父は毎日のように母を殴っていた。でも、だからといって殺すことはないでしょう？　母は五年前、父をビルの五階から突き落としたの。あんたたち警察は馬鹿だから、自殺と判断してしまった。でも私は、殺害の現場を見ていたのよ。……その事件をネタにして、私は言葉で母を責め続けた。やがてそれに満足できなくなり、私はあの女に暴力を振るうようになった。何もかもあいつが悪いのよ！」

興奮した声が室内に響く。千佳は何かを探すように、視線を宙へ走らせた。

「母を殴ることには快感があった。殴り続けるうち、自分で自分をコントロールできなくなったの。そのとき思った。ああ、私はやっぱりあの父の娘なんだ。だから、人を傷つけることに喜びを感じるんだって……」

冷たい目で黒星たちを睨んだあと、千佳は深呼吸をした。それからすっかり諦めたという顔で、これまでの出来事を告白し始めた。

千佳は暴力によって、肉体的にも精神的にも母を支配するようになった。そんなとき新田と知り合い、交際をスタートさせたという。しかし彼女の冷酷さや嗜虐癖に気づいたのだろう、新田は別れようと切り出した。それを恨んで、千佳はストーカーのように電話をかけ、新田をつけ回すようになった。

「調べるうちに、新田がほかの女とつきあっていることがわかった。レコードショップの谷とかいう店員よ」

これは予想外の話だった。

神保町で聞き込みをした谷美由紀が、新田の新しい交際相手だったということか。黒星は谷の顔を思い浮かべた。おとなしそうな雰囲気の彼女が、千佳から新田を奪った、ということになるのだろうか。

「ふざけるな、と思ったわ」吐き捨てるように千佳は言った。「新田の奴、私をコケにしやがって……。私は新田を殺すことにした。台風の日、あいつに電話をかけたのよ。もうストーカー行為はやめるから、最後に一度だけ会ってほしいってね。でもあいつは断ろうとした。だから私は付け加えた。もし会ってくれなければ、これからは職場にまで押しかけてやるって。新田は困った様子で、結局、私と会うことを約束したわ。まったく、馬鹿な男……」

そこから先は、寛子が説明した内容とほぼ同じだった。夜十一時、新田を廃ビルに呼び出して首を絞めた。バルコニーから逃げようとした新田は、首吊り状態で死亡。体中に傷が付いてしまったため、千佳は交通事故に見せかけることにした。そのとき母の寛子は家にいて、事件とは無関係だったという。

事件後、何度も話を聞きに来る黒星たちを気にして、千佳はひそかに尾行した。廃ビルで証拠が見つかってしまったと悟り、身代わりとして母親に自首させたのだ。

「ああ、くそ！　あの婆さんがしっかり罪をかぶっていれば、私は自由だったのに」

千佳はまたローテーブルを叩いた。母親を口汚く罵《ののし》る姿が、ひどく醜いものに感じられる。黒星は思わず眉をひそめた。

「婆さんって……そんな言い方はないでしょう」

見かねて雪乃が諭した。だが千佳は、唾を飛ばしながら喚いた。

「親のくせにだらしないのよ、あいつは」

「……親だって人間です。当然、弱い部分も持っています。あなたは、そんなことさえ想像できないんですか。いったい、いつまで子供でいるつもりなんです？」

「なによ偉そうに。他人にそんなこと言われたくないわ」

「まだわからないんですか！」雪乃は厳しい目で千佳を見据えた。「あなたがお父さんの暴力を受けずに済んだのは、お母さんが盾になってくれたからでしょう？　お母さんがどんな思いで痛みに耐えていたか、どれほど娘のことを大事に思っていたか、あなたはしっかり考えるべきです。あの人の娘だというのなら、当然のことじゃないですか」

雪乃がこれほど厳しく相手を責めるのは珍しかった。刑事としても個人としても、千佳の態度が許せなかったのだろう。

千佳は黙り込んでしまった。眉根を寄せ、彼女はいつまでも雪乃を睨み続けていた。

8

松原千佳の逮捕から三日──。

本人はおおむね犯行を認めたものの、悪いのは浮気をした新田なのだと言い張っている。しかし調べてみたところ、新田と谷美由紀の間に特別な関係はなかった。ふたりが交際しているというのは、千佳の勝手な思い込みだったのだ。

一方、寛子の体には多数の痣や、煙草の火傷などがあることがわかった。娘から暴行を受けていたことは明らかだ。それなのにまだ、新田を殺したのは自分だと言い続けている。寛子には五年前の夫殺しの疑いもあり、取調べは長く続きそうだった。

──つくづく、業《ごう》の深い親子だな……。

報告書を作りながら、黒星は小さくため息をついた。

「黒星に白石、今回は世話になった」交通課の仙道がやってきた。「結局、交通事故じゃなかったわけだが、ふたりのおかげで無事解決できた。今度、何か奢ってやるよ」

「仙道さん、気持ちだけでけっこうですから」黒星は慌てて首を振る。

「遠慮するなって。また世話になるかもしれないんだからさ」

「それが怖いんですよ。今回はうまくいきましたけど、普通あんな短期間で捜査は終わりません。まったく、うちの班長が気軽に命令するから困ってしまって……」

「俺がどうかしたのか？」

三好班長が近づいてきた。今日もあちこちの筋肉がたくましい。

「いえ、別に何でもありません」

黒星は手早く机の上を片づけ、雪乃とともに捜査に出かけた。

署の玄関を出ると、空はよく晴れ渡っていた。先日の台風が去ってから、一日ごとに秋の気配が濃くなってきている。

通りを歩きながら、黒星は雪乃に話しかけた。

「なんというか、嫌な事件だったな」

「ええ、本当に」雪乃はうなずく。「まさか、あれほど一方的な支配関係があるとは思いませんでした」

「俺もすっかり騙されてしまった」

黒星がそう言うと、雪乃は急に足を止めた。眉をひそめ、ばつの悪そうな顔をする。

「私、松原千佳を諭しながら、すごく居心地が悪かったんです。自分自身、母とはうまくいっていませんから……」

「『もう少し、他人の目を気にしたほうがいい』と言われたんだっけ？」

「ええ。十一年前のその言葉が、今でも忘れられなくて」

不満そうな雪乃の顔を見ているうち、黒星は何か引っかかるものを感じた。

十一年前、新米看護師だった雪乃は先輩に叱られることが多かったという。

「もしかしたら、お母さんは君のことを考えて、そう言ったんじゃないかな」

「……私のことを？」

「親が入院したとなれば院内でも噂になる。もし先輩や同僚がよけいな穿鑿《せんさく》をしてきたら、新米看護師である君は、気になって仕事がしにくくなるかもしれない。お母さんはそれを避けたかったんだろう。……つまり『他人の目』というのはお母さんのことじゃなく、ドクターや先輩看護師のことだったんじゃないか？」

雪乃は大きく首をかしげ、指先でこめかみを掻いた。

「私のことを心配して、母はよその病院に入院した、というんですか？」

「さらに言うなら……万一、君の病院で治療がうまくいかなかったら、お母さんにとっても君にとっても、嫌な記憶になってしまうはずだ。君が責任を感じたりしないよう、お母さんは別の病院を選んだのかもしれない」

雪乃は難しい顔で考え込んでいる。これまで母と自分がどんな関係を築いてきたか、記憶をたどっているのだろう。

「なんだったら、俺がお母さんに確認してやろうか？」

「えっ。やめてくださいよ」

露骨に顔をしかめて雪乃は言った。

こんな表情も悪くないな、と黒星は思った。しっかり者に見える彼女にも、いろいろな顔がある。それがわかって、少しほっとしたような気分だった。

「たまには、お母さんに会いに行ったらどうだ?」

「……そうですね。次の休みのとき、実家に行ってみようかな」

後味の悪い事件だった。しかし真相が明らかになることで、結果的に雪乃の心にも変化が生じたようだ。

これを機に親子のわだかまりが消えてくれれば、と黒星は考えていた。

火焔《ほのお》の傷痕

1

　捜査中だった事案が一段落して、今日はゆっくり事務作業ができそうだ。

　黒星達成《くろぼしたつなり》は自販機で買ってきた缶コーヒーを飲みながら、パソコンで資料を作成していた。

　十一月十四日、午前十一時十分。窓から外を見ると、少し風があるようだ。

「黒星さん、これ、作っておきました」

　隣の席にいた白石雪乃《しらいしゆきの》が書類を差し出してきた。彼女は同じ本所警察署の刑事課に所属する巡査長だ。名は体を表すという言葉のとおり、雪乃は色白だった。肩に掛かった黒髪には艶がある。目尻が少し下がっていて、おっとりした印象の女性だ。

「もう出来たのか」黒星は書類を受け取りながら言った。「前から思っていたけど、君はずいぶん手際がいいな」

「記録は早くまとめるよう、前の職場で指導されたんです」雪乃は口元を緩めた。「病院では、患者さんの小さな変化も報告しなくちゃいけませんから」

雪乃は、以前看護師だったという経歴を持つ変わり種だ。院内で意見を聞いてもらえないことに窮屈さを感じ、中途採用で警察官になった。看護師と刑事ではかなり仕事内容が異なるが、彼女の性格の根っこには、人を助けたいという気持ちがあるらしい。

コーヒーを飲み終わり、さてこちらも気合を入れて作業しようかと思っていると、廊下から忙しない靴音が聞こえてきた。

刑事課の部屋に入ってきたのは、上司の三好武彦《みよしたけひこ》班長だ。体を鍛えるのが趣味だそうで、上腕二頭筋が大きく盛り上がっている。

「黒星と白石、今から出られるか？　本所一丁目、隅田川緑道公園で爆発があった」

「え……」黒星は眉をひそめる。「ガスボンベか何かですか？」

「いや、マル爆だ」

「爆発物？」

黒星は雪乃と顔を見合わせた。過激派が爆破事件を起こしていたのは、ずいぶん昔の話だ。最近ではそんな事件は聞いたことがない。

「幸い、規模は小さかったようだ」三好はメモ帳に目を落とした。「通行人がいて負傷したが、軽傷らしい。おまえたち、すぐ現場へ向かってくれ」

「わかりました。……行くぞ、白石」

「了解です」雪乃は表情を引き締めてうなずいた。

パソコンの電源を切り、机の上を手早く片付ける。事務作業はまた今度だ。鞄を持って、黒星たちは慌ただしく部屋を出た。


首都高速六号をくぐってから、黒星と雪乃は階段を下りていった。目の前には隅田川がある。幅はおそらく百メートル以上だろう。川下に視線を向けると、厩橋《うまやばし》が見えた。

川沿いに遊歩道が長く続いていた。散歩やジョギングに適した場所だが、思ったより利用者は少ないようだ。遠くから様子をうかがっている男女が、何人か見える程度だった。

遊歩道に制服警官がふたりいた。ひとりは現場保存のため立入禁止テープを張っている。もうひとりは植え込みのそばのベンチで、負傷者を介抱していた。

黒星たちは足早に近づいていった。

「お疲れさまです」黒星は制服警官に声をかけた。「そちらは被害を受けた方ですね?」

「はい、たまたまここを歩いていたそうで……」

三十代半ばと見える男性がベンチに腰掛けている。ジャケットを脱いだ彼は、ジーンズに青いシャツという恰好だった。左の袖をまくっていて、幾筋か血の痕が見える。

「大変な日に遭われましたね」雪乃はベンチのそばにしゃがみ込んだ。「痛みはありますか?」

「……ええ、少し」男性は座ったまま答える。

雪乃は慣れた手つきで傷を確認し、バッグから脱脂綿やテープなどを取り出した。

「取り急ぎ、応急処置をしておきます」

こういうとき元看護師がいるのは心強いな、と黒星は思った。被害者もほっとしているようだ。

救急車が来るまでの間、黒星は被害者に名前や職業、これまでの経緯などを質問した。

「布川一成《ふかわかずなり》、三十六歳です」神妙な顔をして彼は答えた。「居酒屋に勤めています。店に行こうと思ってここを通りかかったら、いきなり大きな音がして、左手に痛みが……。そこに何か仕掛けてあったみたいです」

遊歩道に沿って植え込みがあるのだが、一部、抉《えぐ》られたように低木の枝葉が失われていた。そこで爆発が起こり、爆発物の破片などが飛び散ったらしい。

「あなたが通りかかったとき、近くに不審な人物などは?」

「いえ、気がつきませんでしたけど」

階段のほうから話し声が聞こえてきた。活動服を着た男性たちが緑道公園へ下りてくる。鑑識係が到着したのだ。それと同時に、救急車のサイレンが聞こえてきた。

黒星は顔見知りの唐木《からき》という鑑識主任に声をかけた。

「唐木さん、こっちです」

「なんだ、疫病神じゃないか。今日はついてないな……」

真面目な顔をして唐木はそんなことを言う。目が細く、キツネか何かのような印象を与える人物だ。唐木は黒星の三年先輩で、鑑識の技術は高いのだが、口の悪いところが難点だった。

被害者に聞こえないよう、黒星は小声で言った。

「唐木さん。俺だって、好きでこんな名前になったわけじゃないんですから……」

黒星を達成する、などという不吉な名前をつけたのは両親だ。そのせいで、自分は何かと損をしているような気がする。

「それはともかく……」黒星は咳払いをした。「現場の状況をお伝えします」

「おう、そうだな。聞かせてくれ」

鑑識係員たちの前で、黒星は爆破事件の概要を説明した。

唐木は黙って話を聞いていたが、やがて「わかった」と言った。彼は部下たちのほうを向く。

「飛散した爆発物の破片を集めてくれ。そのほか微細な遺留品にも注意すること。念のためゲソ痕も捜せ。……よし、始めろ」

はい、と応じて係員たちは作業に取りかかった。

黒星はひとつ息をついてから、辺りを見回す。

布川が軽傷で済んだのは幸いだった。だが、誰が通るかわからないこんな場所に、犯人は爆発物を仕掛けたのだ。その行為はあまりに悪質であり、危険だった。

「殺傷力は低かったようですね」雪乃が話しかけてきた。「釘や鉄球が仕込まれていたら、布川さんはどうなっていたかわかりません」

「中に釘や何かを仕掛けなかったということは、愉快犯かな」

「素人の犯行ということは考えられないでしょうか。昔の話ですけど、高校生が興味本位で爆発物を作った事件がありましたよね」

「たしかにあったな。しかしこの事件はどうだろう。まだ何とも言えないが……」

少し考えてから、黒星は三好班長に架電した。手短に状況を報告する。

「仕掛けた意図がわからないな」電話の向こうで三好は唸った。「……ところで、上から言われたんだが、この件に関して捜査本部は設置されないらしい。まずは所轄だけで捜査するようにと、本庁の捜査一課から指示があった」

「被害者が軽傷だったせいですかね？」

「とにかく、そのまま捜査を進めてくれ。おまえたちなら二日もあれば解決できるよな？」

「また無茶なことを……。まあ、努力はしますが」

通話が終わると、黒星と雪乃は鑑識係に挨拶して現場を離れた。

2

翌朝、午前五時五十分。黒星は仮眠室を出て、刑事課の部屋に向かった。すでに雪乃はパソコンで作業を始めていた。彼女にも、いくらか疲れた様子がうかがえる。

「早いな。少しは眠れたか？」

「ええ、なんとか」雪乃はうなずいてから、パソコンの画面を指差した。「黒星さん、この男を見てもらえますか。動きが変なんです」

彼女の隣に腰掛けて、黒星は画面を見つめた。

昨日、黒星たちは現場周辺の防犯カメラのデータを集めた。本所署に戻ってから映像のチェックを始めたのだが、徹夜になってしまった。明け方少し仮眠をとって、これから仕事を再開しようというところだ。

雪乃はマウスを動かして、映像をスタートさせた。

雑居ビルに設置されていた防犯カメラの映像だった。爆発現場からの距離は五十メートルほど。もし犯人が、高速道路脇の階段で緑道公園に下りたのなら、このカメラの前を通ったはずだ。

爆発の二十分前、ひとりの男が緑道公園のほうへ歩いていくのが記録されていた。五十代から六十代ぐらいだろうか。眼鏡をかけている。茶色いジャンパーにジーンズという姿で、左手にスポーツバッグを提げていた。

「そして、このあとなんですが……」

雪乃が映像を進めると、十分ほどでその男は戻ってきた。辺りを気にしているのか、ときどきうしろを振り返りながらカメラの前を通過する。

「当たりかもしれないぞ」黒星は言った。「街にこんな男がいたら、俺なら絶対に職務質問するだろう」

午前八時を過ぎたころ、三好班長が出勤してきた。すぐに黒星は、先ほど雪乃が見つけた男のことを報告した。

「なるほど、こいつは臭いな。よく見つけてくれた」

三好は黒星の肩をぽんと叩いた。鍛えられた三好の大胸筋がぴくりと動く。

「少し映像が荒いんですが、前歴者かどうかわからないでしょうか」

「本庁に問い合わせてみよう」

そう言って三好は調査依頼の電話をかけてくれた。爆発物関係だから、もしかしたら公安部に情報があるかもしれない。

手続きが終わると、三好は椅子に体をもたせかけた。

「結果が出るまで、少し時間がかかるな。……しかしこの事件、犯人の目的は何なんだろう。世間を騒がせることか？」

「愉快犯の可能性については、昨日、検討してみたんですが……」

報告しているうち、机上の電話が鳴った。三好が素早く受話器を取る。

しばらく話していたが、やがて彼は渋い表情で電話を切った。

「下に一般市民が来て、事件の相談をしたいと言っているそうだ。ちょっと扱いが難しい人らしい。悪いが、白黒コンビで話を聞いてきてくれないか」

「え……。爆破事件の捜査はどうするんです？」

「今、ほかのメンバーが出払ってるんだよ。話を聞くだけでいいから、頼む」

だったら三好自身が応対してくれればいいのに、と黒星は思う。だが、命令とあれば仕方がない。

黒星と雪乃は階段を下りていった。受付の女性に声をかけ、相談に来た市民に引き合わせてもらう。

「お待たせしました。刑事課の黒星と申します」

「堀内涼子《ほりうちりようこ》です。……刑事さん、すぐに犯人を捕まえてほしいんですけど！」

歳は二十代後半だろうか。髪をショートカットにした、ボーイッシュな女性だ。

黒星たちは彼女を別室へ案内した。椅子に腰掛けると、すぐに堀内は話しだした。

「脅迫状みたいなものが家に届いたんです。言うことを聞かなければ命は保証しない、とかなんとか。いたずらかもしれませんけど、それにしたって悪質でしょう？　こんな奴を放っておいたら何をするかわかりません。すぐに捜査してもらえませんか」

どうやら脅迫状に怯えているのではなく、卑怯な犯罪者に腹を立てているらしい。かなり気の強そうな人だとわかった。

「ええと……すみません、順番に話していただけますか。できるだけ詳しく」

黒星がそう言うと、堀内はひとつ息を吸って、気持ちを落ち着かせたようだ。

「私、写真を撮っているんです。何度か雑誌に載ったこともあって、セミプロといったところなんですが」

「写真家ですか。それはすごいですね」

「昨日まで、私は錦糸町で個展を開いていたんです。アルバイトの時間を調整して、毎日何時間かはギャラリーでお客さんの応対をしていました。最終日の昨日は、スーパーのバイトのあとギャラリーに行って片付けをしました。うちに帰ったのは夜十時ごろだったと思います。このとき手紙は来ていませんでした。だけど今朝、郵便受けを見たら脅迫状が入っていたんです。……これなんですけど」

堀内はバッグから封筒を取り出した。黒星は白手袋を嵌めて、それを受け取る。切手は貼られていない。便箋には、パソコンのプリンターで印刷したらしい文字が並んでいた。

《私はおまえを知っている。言うことを聞かなければおまえの命は保証しない。展覧会で使ったすべての写真とネガフィルム、カメラを引き渡せ。レジ袋に入れて今日の夜七時に清村《きよむら》第一ビル脇、自販機の裏に置け。置いたらすぐに立ち去ること。この件は他言無用だ。警察に相談してはならない》

白手袋を嵌めた指先で、黒星は文面をなぞった。

「今夜七時と書かれていますね。もちろん要求に従うつもりはありませんよね？」

「当然ですよ。だから警察に相談しに来たんです。こいつを絶対に捕まえてください！」

「ひとつ気になるんですが、犯人はなぜ写真やネガが欲しいんでしょうね」

黒星が問うと、堀内は首をかしげた。

「さあ……。私への嫌がらせかと思っていたんですけど」

「もしかしてあなたの写真に、何かまずいものが写っていたのでは？　犯人は展覧会でそれに気づいて、写真やネガを要求したんじゃないでしょうか」

かなり可能性の高い推測だと黒星は思う。だが、堀内はすぐに首を横に振った。

「それはあり得ません。私が写すのは街の風景だけなんです。個展に出した写真を調べましたが、人の姿はまったく写っていませんでした」

写真は家にあるので、今は見せられないという。雪乃と相談したあと、黒星はあらためて堀内のほうを向いた。

「お住まいと、個展を開いたギャラリーの場所を教えていただけますか。これから聞き込みをしてみます。夜七時になったら清村第一ビルに行って、犯人が現れるのを待ちます」

「私も行ったほうがいいですよね？　犯人が捕まったら顔を見たいんですけど」

「いえ、危険があるといけませんから、堀内さんは指定の場所に近づかないでください」

「そうなんですか……」

不服そうな顔をしていたが、堀内は諦めてくれた。

そのほか必要なことを聞き出し、書類を作成して事情聴取を終わりにした。

署を出ていく堀内を見送ったあと、黒星と雪乃は刑事課の部屋に戻った。奥に目をやると、三好班長が手招きをしている。

「今、紺野《こんの》たちが戻ったから、引き継いでくれ。あとは任せていい」

若手刑事の紺野克英《かつひで》と青柳裕太《あおやぎゆうた》がやってきた。紺野は眼鏡をかけていて、いつも冷静沈着だ。一方の青柳は紺野より年下で、少し早とちりなところがある。

「黒星さん、引き継ぎをお願いします」紺野はメモ帳を開いた。「相談に来たのは若い女性だと聞きましたが」

「おっ、それはやり甲斐がありますね」

青柳が急にやる気を出してきたので、黒星は顔をしかめた。

「おまえな、相手がどんな人であっても全力で捜査に当たってくれないと……」

「そうですよ」雪乃も口を尖らせた。「青柳さん、自分の立場をよく考えてください」

「はあ、すみません」青柳は首をすくめる。

黒星たちは紺野と青柳に情報を伝え、今後の捜査についてアドバイスをした。

「堀内さんの自宅やギャラリーの周辺で聞き込みをするべきだろうな。そして夜七時になったら、指定されたビルに行く。女性署員に堀内さんのふりをさせるといい。レジ袋を取りに犯人が出てきたら、そこで職質だ」

「了解しました」紺野と青柳は揃ってうなずいた。

引き継ぎを終えて、黒星たちは再び爆破事件の捜査に専念することになった。

3

爆破現場付近で聞き込みを続けていると、三好班長から電話がかかってきた。

本庁から重要な情報が入ったという。黒星と雪乃は捜査を中断して署に戻った。

「身元がわかったぞ」三好はメモを見ながら説明してくれた。「あの初老の男は、清掃員をしている酒寄《さかより》滋郎《じろう》という人物だ。以前、左翼団体に所属していた。爆発物を作っていた前歴がある」

「だったら、そいつで決まりですね！」

勢い込んで黒星が言うと、三好は少し顔を曇らせた。

「だが酒寄は六十二歳で、十年前に爆弾作りから引退しているんだ」

「とにかく、すぐにその男を調べましょう。奴の情報はもらえるんですよね？」

「引退後も公安が一応チェックしているが、ずっと見張っていたわけじゃない。わかっているのは住所と勤務先ぐらいだ」

本庁から届いたという資料を、黒星たちは確認した。

酒寄滋郎は白髪頭で小太りの男だった。右目のそばに大きなほくろがある。気むずかしそうな印象だったが、どこにでもいる普通の高齢者というふうに見えた。

「かつての爆弾魔ですか……」雪乃は写真を見つめながら言った。「もし酒寄が犯人なら、次の爆破事件を起こすかもしれませんね。大至急、見つけ出さないと」

彼女の言うとおりだ。爆弾作りのベテランなら、犯行は一回では終わらないおそれがある。

酒寄は独身で子供はいないそうだ。両親はすでに亡くなっている。妹がひとりいたが、借金を抱えて夫とともに行方不明ということだった。

黒星と雪乃は、まず酒寄の住まいを訪ねることにした。

酒寄滋郎の住居は足立《あだち》区西新井《にしあらい》にあった。

住宅街の中に古びたアパートが建っている。酒寄の住まいは一階の角部屋だ。本人は不在だったが、管理人に捜索令状を示して立ち会ってもらい、黒星たちは部屋に上がった。日当たりの悪い室内はかなり薄暗く、空気が澱んでいるようだった。

「しばらく戻っていないみたいだな」黒星は室内を見回した。

床には雑誌や段ボール箱が積み上げられ、ベッドの周りには衣類が放置されている。

ふたりで手分けして捜索を行ったが、爆発物製造の痕跡は発見できなかった。危険な薬品はもちろん、タイマーやケーブルなどの部品もないし、工作用の道具も見つからない。

「変ですね。何も出てこないなんて」

首をかしげながら、雪乃は机の引き出しを確認し始めた。

「ああ、そこはさっき俺が調べたぞ。おかしなものは何もなかった」

「黒星さん、眼鏡が残されています」雪乃は銀縁の眼鏡をつまみ上げた。「六十二歳だから老眼なんでしょう。そうだとしたら、出かけるとき眼鏡は必要なはずですよね」

「急いでいて忘れてしまったんだろう。どうしても必要なら、出先で買えるはずだ」

「まあ、それはそうなんですけど……」雪乃は釈然としない様子だ。

ノートやメモ、アルバムなどを押収し、紙バッグに詰めた。管理人に挨拶をしてアパートを出る。

続いて黒星と雪乃は、酒寄の関係者に聞き込みを行うことにした。元ネタとなるのは、本庁から入手したリストだ。

黒星たちはまず酒寄の勤務先に行ってみた。新橋にある清掃会社で、従業員をあちこちのビルに派遣しているという。応対してくれたのは水木《みずき》という課長だった。彼は神経質そうに眼鏡のフレームをいじりながら言った。

「酒寄さんは一週間前から無断欠勤しています。電話をかけても通じないし、こちらとしても困っていまして……」

「それまでの勤務態度はどうでしたか」

「年齢のせいか、あまり体調がよくないという話は聞きましたね。ですが、うちの会社では高齢の方を積極的に採用していて、いろいろな場所に派遣しています。体力のない方には、負担がかからないような軽作業を割り振っています」

「体調以外で、酒寄さんが問題を抱えている様子はありませんでしたか。たとえば誰かと頻繁に連絡をとっていたとか、何かに怯えていたとか」

「問題というほどじゃないんですが、労働基準法とか労災認定について質問を受けたことがありました。何か不満があるのかと思ったら、別にそうじゃないと言うんです。一般的な話だから、と」

気になる情報だった。酒寄は勤務条件などに、何か疑問を感じていたのだろうか。

「……酒寄さんの派遣先はずっと同じだったんですか？」

横から雪乃が尋ねた。水木は指先で、また眼鏡の位置を直す。

「今のビルでは半年以上、作業をしているはずです。その前は短期で一カ月ぐらい。もうひとつ前はけっこう長くて、五年ぐらいだったと思います」

現在、酒寄が担当しているのは「丸《まる》の内《うち》グランドタワー」というビルだそうだ。

清掃会社を出たあと、黒星たちは酒寄が担当していたビルに向かった。

東京駅で電車を降りて丸の内のオフィス街を進み、二十数階建てのビルに入った。施設の管理部門で来意を告げ、清掃員の控え室を教えてもらう。

エレベーターで地下二階へ下りると、防災センターの隣に清掃員用の部屋があった。休憩中なのか、作業服を着た男性がふたりでお茶を飲んでいるところだった。黒星たちが警察手帳を取り出したのを見て、彼らはかなり驚いたようだ。

髪の長いほうの男性は川西《かわにし》、少し額の後退した男性は浜野《はまの》と名乗った。

「ああ、酒寄さんのこと？」川西は顔をしかめて言った。「あの人には困ってたんですよ。体調が悪いってよく休んでいたし、この一週間は連絡もないでしょう。無責任だよね」

「そうだよな」浜野が相づちを打つ。「あの人がいない分、俺たちにしわ寄せが来るし」

「最近、何か気になることはありませんでしたか。酒寄さんの様子が変だったとか」

「ちょっと思い詰めたような顔をしてましたよ」川西は記憶をたどる表情になった。「誰のことなのか知りませんけど、ぶつぶつ文句を言っているのを見ましたね」

しかし、誰を恨んでいたかまではわからないという。酒寄はもともと人づきあいのいい性格ではないから、詳しい話は聞けなかったそうだ。

ふたりに謝意を伝えて、黒星たちは辞去した。

外に出て、ビルの外壁を見上げたあと、黒星は雪乃に話しかける。

「どうやら、個人的な怨恨でマル爆を作ったみたいだな」

「ええ、その可能性が高いですね」難しい顔をして雪乃は考え込む。「引退してから十年も経って、なぜそんなことを……」

黒星たちは再び、本庁からのリストに従って聞き込みを続けることにした。

4

翌十一月十六日は朝から曇り空だった。少し肌寒く感じられる天候だ。

爆破事件の捜査を始めて三日目になるが、いまだに酒寄の行方はつかめていない。思うように情報が集まらず、黒星の中には焦りが生じてきている。

自分の席で今日の予定を立てていると、三好がこちらにやってきた。

「鑑識から報告を受けることになっている。おまえたちも同席してくれ」

黒星と雪乃は打ち合わせ用のスペースに移動した。

パーティションの奥に鑑識係の唐木主任がいた。黒星たちは挨拶をして椅子に腰掛ける。メモ帳を持って、三好もすぐにやってきた。

「白石も苦労人だよな」唐木は資料を配りながら言った。「黒星と一緒にいるせいで、運がどんどん逃げていくだろう。本来なら、もっと力を発揮できるんじゃないのか？」

「大丈夫ですよ」雪乃は首を振った。「私の運のよさで、黒星さんの不運を吹き飛ばしてみせます。今までも、そうしてきたんですから」

「ふうん。……黒星にはもったいないぐらいの相棒だな」

言われてみればたしかにそうだ、と黒星は思った。運が悪いはずの自分が雪乃とコンビを組めたのは、幸運だったとしか言いようがない。

資料を開いて、唐木は三好のほうを向いた。

「では、説明を始めます。鑑識で調べたところ、爆発したのは紅茶の葉が入っていた缶だとわかりました。資料にありますが、最近CMでよく見かけるもので、とても人気があるそうですよ」

黒星は資料に目を落とした。そこには、ほぼ立方体の缶の写真が載っている。色は落ち着いた青で、一辺は七、八センチだろうか。

「設定された時刻に起爆するようになっていました」唐木は続けた。「釘などは入っていなかったし、サイズから考えても、大勢の人間を殺害する意図はなかったと思われます」

「ですよね。この小さな缶ですから」

雪乃がそう言うと、三好は自分のこめかみに指先を当てた。

「……昔、煙草の空き缶を使った『ピース缶爆弾』というのが作られたよな。たしか一九七〇年前後の話だ」

六十二歳の酒寄なら、そのピース缶爆弾事件について知っていたに違いない。

「しかし気になるのは動機です。布川さんが巻き込まれたのは偶然とみるべきでしょう。だとすると、何を意図してあんなものを仕掛けたのか」

黒星はみなの顔を見回す。

「俺はどうしても、愉快犯の線を考えてしまうんだがなあ」

三好が言うのを聞いて、雪乃は首をかしげた。

「でも昨日の聞き込みでは、酒寄が誰かを恨んでいたらしい、という話が出ました。愉快犯ではないと思います」

黒星もうなずいて、三好班長に言った。

「酒寄は何か大きな事件を計画しているんじゃないでしょうか。隅田川緑道公園の事件は、予行演習だった可能性があります」

「予行演習?」

「ええ。起爆はできるか、火薬の量はどうか。そういったことをテストしたのかも」

「だったら次が本番ってことか?」三好は顔を曇らせた。「まいったな。せめて誰を狙っているのかわかれば、手の打ちようもあるんだが……」

三好はどうすべきか決めかねているようだった。口には出さないが、手詰まりだという雰囲気が伝わってくる。

「黒星に白石、頑張ってくれよ」結局、三好はそれだけ言って椅子から立ち上がった。

「もう三日目なんだ。今日こそは何か手がかりをつかんでこい。絶対だぞ」

「いや、そんなことを言われても」黒星は顔をしかめる。「もし次の爆破事件が起こったら、俺の責任になるんですかね？　それはあまりに厳しいんじゃないかと……」

「相変わらずネガティブな奴だな」三好は黒星の背中を強く叩いた。「心配している暇があったら行動しろ。ほら、白石を連れて捜査に行ってこい」

「わかりました」

雪乃とともに、黒星は急ぎ足で廊下に向かった。

今日も本庁からのリストをもとに、聞き込みを続けることにした。電話をかけて所在を確認し、関係者を訪ねていく。酒寄の行動について、順番に洗っていった。

やがて、関係者のひとりから情報が得られた。西新井駅の近くに、酒寄の行きつけの定食屋があることがわかったのだ。その店で須崎《すざき》という主人から、意外な話を聞くことができた。

「酒寄さんなら、昨日うちの店に来ましたけど……」

えっ、と声を上げて、黒星は雪乃と顔を見合わせる。

「何か話しましたか？」

「ちょっと苛立っているような感じでしたね。仕事で問題があったとか、どうとか」

ここでいう「仕事」とは、もちろん清掃のことではないだろう。

「ほかに変わった様子は？」

「変わったといえば、今までと違って品のいい黒縁眼鏡をかけていましたけど」

そういうことか、と黒星は思った。買い換えたから古い眼鏡は必要なくなり、家に残してきたというわけだ。

「それでね、新聞を見せてくれって言うので全国紙三紙を渡しました。かなり時間をかけて、じっくり読んでいましたよ」

おそらく爆破事件のことが気になったのだろう。世間でどれぐらい話題になっているか、知りたかったに違いない。これはどんな犯罪者にも共通する心理だ。

──ニュースになったことで、変な自信を持たなければいいんだが……。

定食屋を出て、黒星は考え込んだ。このままでは酒寄を調子づかせるだけだ。奴が動き出す前に、必ず捕らえなくてはならない。

見上げた空は一面、雲に覆われていた。強い切迫感の中、黒星と雪乃は捜査を続けた。

関係者から一通り話を聞き終わったあと、宿泊施設を当たることにした。

ビジネスホテルやインターネットカフェなどを訪ねていく。だが焦る気持ちとは裏腹に、なかなか手がかりは得られなかった。酒寄はいったいどこに身を隠しているのだろう。

午後三時ごろ、黒星は三好班長に電話を入れた。

まだ収穫がないことを報告し、応援の人員を用意してもらえないかと切り出してみる。

「すまんが、それは難しいな」三好は申し訳なさそうに言った。「捜査員を増やしてやりたいのは山々だが、あいにく紺野も青柳も手一杯なんだ」

それを聞いて、黒星は写真家の事件を思い出した。昨夜、紺野たちが清村第一ビルを見張っていたが犯人は現れなかった、と報告を受けている。

「その後、脅迫状の件はどうなりました?」

「それなんだが、ちょっとまずいことになった。彼女の家に空き巣が入って、写真や何かが奪われたらしい」

はっとして黒星は携帯を握り直した。

「まさか、脅迫状の送り主が盗みに入ったんですか?」

「おそらくな。清村ビルに警察がいたので、犯人は強硬手段に出たんだろう。……堀内さんは大変な剣幕で怒鳴り込んできたよ。相談していたのに、なんでしっかり捜査してくれなかったんだ、とな。今、紺野と青柳が応対している」

警察官なのだから毅然とした態度をとればいい、とも思うのだが、なかなかそうはいかないものだ。特に今回は、事前に脅迫状の相談を受けている。警察の不手際だと、紺野たちは責められているに違いない。

黒星は通話を終えたあと、三好と話したことを雪乃に伝えた。

「堀内さんの家に空き巣が？」

雪乃はしばらく考え込んでいた。何か釈然としない、という表情だ。腕時計を見たあと、彼女は顔を上げた。

「やはり引っかかりますね。堀内さんのことは、放っておいたらまずいような気がします」

「え？　しかしあの件は紺野たちに任せてあるし……」

「一度話を聞いてみたほうがいいと思います。署に戻りましょう」

そう言うと、雪乃は駅のほうへ歩きだした。いつになく気が急《せ》いているようだ。

仕方なく、黒星は彼女のあとを追った。

5

本所署に戻った黒星たちは、三好班長とともに応接室へ向かった。

正面のソファに座っているのはセミプロの写真家、堀内涼子だ。彼女は明らかに不機嫌だった。向かい側にいる紺野は渋い表情を浮かべ、青柳は困った顔をしている。

「今度は何です？　五人がかりで私を黙らせるつもりですか」堀内が嚙《か》みついてきた。

「私は犯罪者じゃなくて被害者ですよ。もっと大事に扱ってください。悪いのは脅迫犯でしょう。しっかり捜査して、早く捕まえてくださいよ」

まあまあ、と三好が彼女を宥《なだ》める。

「事件をきっちり調べるためにも、もう一度状況を教えていただけませんか」

堀内はまだ不服そうだ。黒星と雪乃も説得に当たり、どうにか機嫌をとって、再度事情を説明してもらった。

「十五日の夜、写真やネガ、カメラを持ってくるよう脅迫状に書いてありましたよね。あとで刑事さんに聞いたら、犯人は取りに来なかったとかで……」

「そうなんです」紺野が口を開いた。「女性警察官にレジ袋を渡して、自販機の裏に置かせました。彼女が立ち去ったあと、私たちは離れた場所で監視していたんですが、結局犯人は現れませんでした」

おそらく、犯人は警察が関わっていることに気づいたのだろう。

堀内は眉をひそめながら話を続けた。

「そのあと今日の午後、盗みに入られたんです。バイトが早番だったから、私は午後二時ごろ家に戻ったんですよ。部屋が散らかっているので、びっくりして調べたら、ベランダの窓が破られていて……。写真とネガとカメラがなくなっていました」

すぐ隣に雑居ビルがあるせいで、ベランダは外から見えにくい構造だったそうだ。それで犯人は昼間に忍び込むという、大胆な行動に出たのだろう。

「堀内さん。個展に出した写真は一枚も残っていませんか？」

雪乃が真剣な顔で尋ねた。堀内は首を振って、バッグの中を探った。

「予備に用意してあった写真が一セットあります。そちらの刑事さんたちには一度見せたんですけど」

彼女はミニアルバムを取り出した。雪乃はそれを受け取り、早速確認していく。

横から覗き込んで、おや、と黒星は思った。

どれもモノクロの写真だった。誰もいない街が撮影されているのだが、ところどころにぼんやりした影が見える。それは人の形に似ていた。しかし輪郭がはっきりせず、徘徊する亡霊のようにも思われる。

「これ……針穴写真ですね？」アルバムを指差して雪乃は尋ねた。

「針穴写真？」黒星は首をひねる。

「露光の時間が長いので、動いているものははっきり写らないんです。それでこんなふうに、幻想的な雰囲気の写真になるんですよ」

だから、自分の写真に人の姿は写っていない、と堀内は話していたのだ。

雪乃はあらためて堀内のほうを向いた。

「撮影した経緯を詳しく教えていただけますか？」

堀内は記憶をたどりながら、当時の状況を説明し始めた。その話を聞くうち、雪乃の表情が徐々に変わっていった。彼女は目を輝かせて質問を重ね、最後にこう言った。

「なるほど。あなたが狙われた理由がわかりました」

「え……。本当に？」

「確認のため、写真を撮った場所をすべて教えてください」

雪乃は東京都心部の地図を広げた。それから堀内の説明を聞いて、順番にマークを付けていった。


午後四時五十分。黒星たちは墨田区横網にある廃屋に踏み込んだ。

住宅街の一角だったが、右隣は閉店した食料品店、左隣は駐車場になっていて、目立ちにくい場所だ。

「人がいた痕跡を探してください」廊下を進みながら雪乃が言った。「爆破現場からの距離と、堀内さんが撮影していた場所からの距離。双方から推測して、この辺りにアジトがある可能性が高いんです」

紺野と青柳は二階に上がっていった。黒星と雪乃はハンドライトをかざして、一階を調べていく。居間に入ったところで黒星は声を上げた。

「見つけたぞ、白石！」

カーペットの上に布団が敷かれている。その横、ローテーブルにはLEDランタンと工具箱、プラスチックの削りかす、レシートや紙類があった。クリアファイルに入っているのは、あの清掃会社の就業規則だ。

「やっぱり、奴が爆発物を作っていたのか……」

テーブルを調べてから布団をめくると、切り抜かれた新聞記事が見つかった。

今から十カ月ほど前のものだ。産業機械メーカー「東都プランテック」で久本恭治《ひさもときようじ》という社員が自殺し、会社を告発するような遺書があった、という内容だった。

よく見ると、記事の欄外にペンで《名波　11／16》と書かれている。

「待てよ。名波《ななみ》といえば……」

黒星は手早く携帯を取り出し、その名前をネットで検索してみた。

「週刊誌で読んだことがある。名波大介《だいすけ》、東都プランテックの社長だ。優秀な経営者だが、部下には相当厳しいらしい。人気の企業なのに辞めていく社員が多い、と記事に書かれていた。パワハラで訴訟を起こされたこともあるそうだ」

「とすると、この久本さんという人もパワハラで自殺を……」

「そうかもしれない。たぶん酒寄は、久本さんと関係があるんだな。久本さんの自殺は名波社長のせいだと考えて、恨んでいたんじゃないだろうか」

雪乃は記事を読み返していたが、はっとした表情になった。

「十一月十六日といったら今日ですよね。酒寄はこのあと、何かを起こす気なのかも」

「東都プランテックに問い合わせてみよう」

黒星はネットで会社の代表電話番号を調べ始める。その横で雪乃もまた、どこかへ電話をかけていた。

三分後、黒星と雪乃は電話確認を終えた。ちょうどそこへ紺野と青柳もやってきた。

紺野たちに新聞記事を見せたあと、黒星は電話でわかったことを説明する。

「今日、すみだ産業プラザで産業機械のイベントが開かれている。名波社長は午後六時半から講演を行うらしい」

「もしかして、酒寄はそこで事件を?」

紺野と青柳は眉をひそめる。黒星は腕時計に目をやった。まもなく午後五時半になるところだ。

「私からも報告を」真剣な顔で雪乃が言った。「酒寄が勤めていた清掃会社からの情報です。彼は丸の内のビルで清掃を始める前、一カ月間、すみだ産業プラザに派遣されていたそうです」

「話が繋がった!」黒星は深くうなずいた。「出入りしていたのなら、プラザの構造には詳しいはずだ」

「やろうと思えば、鍵の複製も可能だったのでは……」

「そのとおりだ。こいつはまずいな」

黒星の中で不安が大きく膨らみつつあった。大勢が集まる場所で爆発を起こされたら、どれほどの被害が出るかわからない。

「すみだ産業プラザに行くぞ！　三好さんに連絡して、応援を頼もう」

廃屋の玄関に向かいながら、黒星は急いで電話をかけ始めた。

6

午後五時四十五分、黒星たち四人はすみだ産業プラザに到着した。

タクシーを降りて受付に走り、事情を説明する。爆発物が仕掛けられたかもしれないと聞いて、受付の女性は驚いていた。彼女は内線電話で上司に報告したようだ。

二分ほどで施設管理課の課長と、イベント主催社の斉藤《さいとう》という男性がやってきた。斉藤が真剣な顔で尋ねてくる。

「爆発物って、本当なんですか？」

「狙われているのは、東都プランテックの名波社長だと思われます」黒星は言った。

「至急、このプラザの中を調べさせてください」

許可を得て、爆発物を捜索することになった。紺野はイベント会場へ、青柳は講演が行われるホールへ向かう。その間に黒星と雪乃は、名波と会うことにした。

斉藤に案内してもらって、関係者用の通路を歩いていく。

ステージの裏手に当たる場所に控え室があった。斉藤がドアをノックする。だが十秒待っても応答がなかった。

何かおかしい、と黒星は思った。

下がっているよう斉藤に手振りで示し、ドアノブに手をかける。雪乃の顔を見てから、黒星は一気にドアを開け放った。

「助けてくれ！」突然、悲鳴が聞こえた。

部屋に一歩入ったところで、黒星たちは足を止める。

高級そうなスーツを着た中年男性が、手首を縛られ、床にひざまずいていた。以前、週刊誌の記事で見た名波大介だ。いつも自信満々で、部下に怒鳴り散らしているであろう彼が、今は泣きそうな顔をしている。恐怖で息が荒くなっているようだ。

その背後に立っているのは、黒縁眼鏡をかけ、清掃員の作業服を着た男だった。酒寄滋郎に間違いない。

「近づくな！」酒寄は鋭い声を出した。「こっちに来たら、おまえたちも死ぬぞ」

「黒星さん……」

雪乃が隣で目配せをした。黒星もすでに気づいていた。酒寄は作業服の下に、いくつかの爆発物を巻き付けているようだ。

「酒寄、落ち着いてくれ」黒星は穏やかに話しかけた。「こんなことをした理由を聞かせてほしい。十カ月ほど前に久本恭治さんが命を絶った。それと関係があるんだろう？」

意外だという顔で酒寄はこちらを見た。眼鏡のレンズの奥で、瞳が細かく動いている。

少し考えてから、酒寄は話しだした。

「恭治は俺の甥だ。あいつの親——俺の妹夫婦は、借金を作って行方をくらましてしまった。でも恭治は真面目で責任感の強い子だったんだ。まっとうな道を歩んで、幸せな家庭を築くはずだった。それを、このクソ野郎がめちゃくちゃにした！」

酒寄は靴の先で、名波の脇腹を思い切り蹴った。名波は咳き込んで床に倒れ込む。

「恭治は社長直属の開発チームで、真剣に働いていたそうだ。ちゃんと成果も挙げていた。それなのにこいつは、難癖をつけて恭治を責め続けた。孤立して鬱状態になった恭治は、とうとう自殺してしまった。遺書を見ると、あの子は最後まで名波のことを恐れていたようだ。労災認定される案件だと思って、俺はいろいろ調べたりもした。……真面目な社員をなぜそんなふうに扱ったのか、さっきこいつから聞いて驚いたよ。おい、あのことをもう一度言ってみろ」

再び脇腹を蹴られて、名波は悲鳴を上げた。ややあって、彼はか細い声を絞り出した。

「態度が気に入らなかったんだ。いつも辛気くさい顔をして、社長の俺を見ても、にこりともしない。はっきり返事もしない。そういう態度をあらためさせようと思って……」

「恭治はおまえみたいに要領のいい人間じゃなかった。でも必死に周りに合わせようとしていたんだ。それなのに、おまえはパワハラを続けた」

「……悪かった。許してくれ」

「ふざけるな！　おまえみたいな奴は何度でも過ちを繰り返す。さあ、俺と一緒に死ね！」

酒寄はポケットから小さな装置を取り出した。おそらく起爆スイッチだ。

待て、と黒星が声をかけようとしたとき、予想外のことが起こった。横にいた雪乃が、ゆっくりと歩きだしたのだ。

「おい、近づくな！」酒寄が声を荒らげた。「こっちは本気だぞ」

二メートルほどの距離を残して、雪乃は足を止めた。ひとつ呼吸をしてから、彼女は口を開いた。

「私は元看護師です。こんな状況を見て、放っておくわけにはいきません」

「名波みたいな悪党は、相手にしなくていいんだよ。こいつは人間のクズなんだ」

「いいえ、私が気にしているのは酒寄さん、あなたのことです」

「俺のこと？」

彼はいぶかしげな顔をした。それを見て、雪乃はこくりとうなずく。

「あなたの自宅に眼鏡が残されていましたが、あれは捨てるつもりだったんですよね？　視力が急速に落ちてきたから、度の強い眼鏡に買い換えたんでしょう。そして今、あなたには眼振《がんしん》の症状が出ています。これは危険な兆候です。脳腫瘍の可能性があります」

酒寄は黙り込んだ。明らかに動揺している気配がうかがえる。

「そんな人を、私は放っておけません」雪乃は強い調子で言った。

「うるさい。大きなお世話だ」

「でも、目に症状が出ていたせいでミスをしましたよね。私の想像はこうです。……引退してだいぶ経っているから、あなたは爆発物のテストをしようと考えた。それで十一月十四日、隅田川緑道公園で爆発を起こした。しかし問題はそのあとです。あなたは横網第一公園で、自分の爆弾とよく似た紅茶缶を見つけた。最近ＣＭでよく見かける人気商品ですが、それが植え込みのそばに置かれていたんです。まさに爆弾を仕掛けるような場所だったため、あなたは不審に思ってその缶を調べた。爆弾ではないと確認して安心したでしょうが、そこへ女性が近づいてきた。あなたは慌ててその場を離れたんじゃありませんか?」

「あんた、どうして……」

酒寄は身じろぎをした。その反応をたしかめてから雪乃は続けた。

「あなたは女性のあとをつけ、彼女が写真展を開いていることを知った。彼女はずっとギャラリーにいたわけではなかったので、あなたは客のふりをして写真展を見た。そこで気がついたんです。あの紅茶の缶は針穴写真用のカメラ——ピンホールカメラだったのだと」

堀内涼子からそれを聞かされたときは、黒星も驚いた。

針穴写真に高級なカメラは必要ない。空き缶などに印画紙を入れ、小さな穴を開ければいいらしい。レンズもいらない。シャッター代わりのガムテープを剝がして撮影を始め、最後にあらためてガムテープを貼る。長時間の露光を行うため、動いている人や車は写らない。誰もいない街といった雰囲気の、幻想的な写真が撮れるそうだ。堀内が個展で展示していたのは、すべてそういう針穴写真だったのだ。

「目が悪くなっていたし、吐き気や頭痛などの症状もあったかもしれない。それであなたは、昔なら絶対しなかったようなミスをした。紅茶缶のカメラに素手で触って、指紋を付けてしまったんです。まずいことをした、とすぐに気がついたでしょうね。……爆破テストであなたは同じ種類の紅茶缶を使っている。もし勘のいい刑事が堀内さんのピンホールカメラを見たら、爆発物と同じ缶だと気づいて、詳しく調べるかもしれない。万一そこから指紋を採られたら、自分の正体がばれて、名波さんへの復讐が難しくなるおそれがある。それであなたは脅迫状を作って、堀内さんからピンホールカメラを奪おうとしたんですよね？」

「しかし、持ってくるよう指定した場所には刑事が張り込んでいた。だから結局、盗み出すしかなかった……」

黒星が言うと、雪乃は深くうなずいた。彼女は再び酒寄に語りかける。

「十カ月前に久本さんが命を絶ってから、あなたは名波さんへの復讐を計画し始めたんだと思います。清掃員をしているから、名波さんの会社に派遣されれば襲撃するチャンスが生まれる。でも東都プランテックは別の業者を使っていたので、高齢のあなたが潜り込める可能性は低かった。あなたは諦めきれず、自分が清掃業者として忍び込める場所はないかと調べ続けたんでしょう。

するとうまい具合に、半年ほど先、すみだ産業プラザで名波さんが講演を行う予定だとわかった。この建物はあなたの会社が清掃を行っています。そこで水木課長に、すみだ産業プラザの担当にしてほしいと頼み込んだ。その結果、一カ月という短い期間でしたが、派遣されることになった。あなたは清掃員という立場を利用して、プラザに出入りする鍵や、この控え室の鍵などを複製したんでしょう」

ドアのほうから靴音が聞こえてきた。

振り返ると紺野や青柳がいた。そのうしろには、三好や応援の刑事たちの姿も見える。みな険しい顔をして、今にも部屋に踏み込もうとしていた。

「もう終わりにしましょう、酒寄さん」雪乃は静かな口調で言った。「あなたの気持ちは、私たちが受け止めます。このあと、じっくり話を聞かせてください」

酒寄は身じろぎをした。落ち着かない様子で辺りを見回していたが、逃げ場がないとわかると、彼は肩を落とした。

「俺は、恭治を死なせた名波が許せなかった。俺自身もカタギになろうとしたとき、何カ所かクソみたいな会社でパワハラを受けたからな。だから、こんな経営者は死ぬべきだと思ったんだ」

彼は足下の名波を睨みつける。名波は床に倒れたまま、ぶるぶると震えていた。

「酒寄さん。あなたは体調が悪かったのに、相当無理をしましたね」

穏やかな声で雪乃は話しかけた。酒寄の頬がぴくりと動いた。

「体のことなんてどうでもいい。俺にはやらなきゃいけないことがあったんだ。弱い者の怒りを名波にぶつけてやろうと思った。それなのに……ちくしょう」

諦めたように、彼は深いため息をつく。雪乃はゆっくりと首を横に振った。

「あなたは自分と向き合うべきです。自分の犯した罪と、その病気に」

「……何だって？」

「脳腫瘍を放っておくと大変なことになります。命に関わるケースも多いんですよ。元看護師として、それは見過ごせません」

真剣な表情で雪乃は言う。酒寄は顔をしかめて、ふん、と鼻を鳴らした。

「あんた……本当にお節介な人だな」

そうつぶやくと、彼は起爆スイッチをテーブルの上に置いた。

応援の刑事たちが控え室に入ってくる。黒星たちは酒寄の説明を聞きながら、体の爆発物を取り外し始めた。

7

すみだ産業プラザの事件から四日が経過した。

酒寄の取調べを担当しているのは三好班長だ。昨日までの聴取で、反抗的な態度は見られないという。事件について、酒寄は淡々と自供を続けているそうだ。

「今回もよくやってくれた。俺はいい部下に恵まれたよ」

取調室から戻ってきた三好が、にこやかな顔をこちらに向けた。褒められて悪い気はしないが、三好は調子のいい上司だ。いつまた難しい捜査を命じられ、二日で解決しろなどと言われるかわからない。

「今日は溜まっていた事務作業をしますが、かまいませんよね？」

黒星が訊くと、三好は鷹揚な態度でうなずいた。

「事務処理も大切な仕事だからな。終わったら、今日ぐらいは早く帰るといい」

「本当ですか？　それは嬉しいですね」

たまには自宅を掃除して、ゆっくり風呂に浸かりたい気分だった。そのあと、焼き鳥をつまみにビールを飲む。幸せなアフター5だ。

事務作業を続けるうち、正午を迎えた。黒星はパソコンの画面から顔を上げ、雪乃のほうを向く。咳払いをしてから彼女に話しかけた。

「どうだ白石、飯でも食いに行かないか」

「え……。急に何です？」

「君のおかげで酒寄を逮捕できた。金一封は出ないだろうから、せめて俺からの感謝の気持ちだ。ご馳走するよ」

雪乃は何か考える様子だったが、じきに口元を緩めた。

「そうですね、わかりました。お言葉に甘えます」

彼女が素直に応じてくれたので、黒星はほっとした。もしかしたら断られるのではないかと心配していたのだ。

「よし、今日は相棒と飯を食って、コミュニケーションを深める日にしよう。こういうことは、とても大事だ」

「なんだか、やけに説明っぽいですね」雪乃は笑っている。

黒星と雪乃は雑談しながら階段を下りていった。一階のロビーを歩いていると、前方に女性の姿が見えた。黒星たちに気づいたらしく、その女性はこちらにやってくる。

セミプロの写真家、堀内涼子だった。

「先日はどうも、お世話になりました」堀内は軽く頭を下げてきた。

「今日はどうなさったんですか？」

「犯人の隠れ家から私の写真やカメラが出てきた、と連絡を受けたんです」

「ああ、なるほど。カメラというと、例の紅茶缶ですね？」

黒星が尋ねると、堀内は不機嫌そうな表情になった。

「電話をくれた刑事さんから聞いたんですが、私のカメラと同じ紅茶缶が、爆弾に使われたらしいですね。それがすごく悔しくて……。私はまだセミプロですけど、ものを作ることにはプライドを持っています。それなのに、犯人は同じ紅茶缶を使って、人を傷つけようとしたわけですよね」

「そうです。十四日の爆発では負傷者が出ました」

堀内はしばらく目を伏せて考え込む様子だったが、やがて顔を上げた。

「私、この街が好きなんです。川も、公園も、道路も、駅も……。住民の中には、誰かを傷つけようとする人や、街の景観を壊そうとする人がいるかもしれません。でも私はずっと、この街を写真に収めていきたいと思っています。川や公園の写真を撮り続けて、いつかプロになりたいんです」

「……なるほど。あなたの夢が叶うよう、祈っていますよ」

ありがとうございます、と黒星に応えて堀内は会釈をした。それから彼女は、エレベーターホールのほうへ去っていった。

堀内のうしろ姿を見送りながら、黒星は雪乃に話しかける。

「あの人は、この辺りの風景を大切にしたいんだろうな」

「だとしたら、私たちはしっかり仕事をしなくちゃいけませんね」雪乃は言った。「事件の傷痕を、この街に残さないためにも」

「お、さすが白石。かっこいいじゃないか」

「本来、警察官はかっこいいものなんです。そうあるべきなんです」

管内では毎日、数多くの事件が発生している。そんな中、この街を守っていくのは、所轄署員である自分たちだ。犯罪の手がかりを見逃さず、全力で捜査に当たらなくてはならない。黒星はあらためて気持ちを引き締めた。

「じゃあ、行きましょうか」雪乃が笑顔を見せた。「街歩きをしながら、何を食べるか決めましょう」
外に出ると、秋の日射しが心地よかった。風もなく、とても穏やかな日和だ。
春日通りに向かって、黒星と雪乃はゆっくりと歩きだした。

初出

「星の傷痕」　小説推理二〇一八年七月号
「美神の傷痕」　小説推理二〇一九年一〇月号
「罪の傷痕」　小説推理二〇二〇年五月号
「嵐の傷痕」　小説推理二〇二〇年九月号
「火焔の傷痕」　小説推理二〇二一年一月号

双葉文庫

あ-65-02

無垢《むく》の傷痕《きずあと》

本所署《ほんじょしょ》〈白《しろ》と黒《くろ》〉の事件簿《じけんぼ》

2021年6月13日　第1刷発行
2021年7月29日　第3刷発行

【著者】
麻見和史《あさみかずし》

【発行者】
箕浦克史
【発行所】
株式会社双葉社
〒162-8540 東京都新宿区東五軒町3番28号
［電話］03-5261-4818(営業)　03-5261-4831(編集)
www.futabasha.co.jp（双葉社の書籍・コミックが買えます）
【印刷所】
大日本印刷株式会社
【製本所】
大日本印刷株式会社
【カバー印刷】
株式会社久栄社
【DTP】
株式会社ビーワークス

【フォーマット・デザイン】
日下潤一

ISBN978-4-575-52476-5 C0193
Printed in Japan